그러니까, 엄마라니까

: 쉰 아재의 엄마 생각

조항록 산문집

그러니까, 엄마라니까

: 쉰 아재의 엄마 생각

예서

기억하는 것, 그것뿐

한 여자가 이생에서 66년을 살다 갔다. 정확히 따지면 65년 4개월 29일이다. 그 세월 동안 그의 삶은 여기저기 허방이었다. 무엇을 어떻게 해볼 수도 없게 처음부터 삶이 망망대해의 나무토막처럼 표류했다. 부모 없는 유년은 외로웠고, 나중에는 남편과 자식들이 곁에 있었으나 상처를 헤아리지 못했다.

시대는 굽이쳤고 세상은 모질었다. 그럼에도 그는 맥없이 스러지지 않았다. 번번이 흔들려 주저앉을 뻔했으나 안간힘 다해 자기 몫의 생애를 부끄럼 없이 살아냈다. 마지막이 너무 고통스러웠지만, 그때까지도 그의 삶은 품위를 잃지 않았다.

그는 나의 엄마다. 엄마는 엄마로서 살아가는 삶을 좋아했다. 당신의 신산한 인생에 자식들이 위안을 준다고 믿었다. 엄마는 순진했다. 나 같은 자식이 얼마나 이기적이고 무심한지 짐작도 하지 못했다. 엄마는 자식들에게 해줄 만큼 해주고도 해줄 것이 남았다고 생각했다. 그래서 자주 자식들을 애틋하게 바라보며 미안해했다. 그런 모습은 당신의 죽음 앞에서도 달라지지 않았다. 엄마는 삶의 벼랑에서도 제 앞가림에 바쁜 자식들을 염려했다.

그렇게 엄마가 세상을 떠난 지 벌써 10여 년이 지났다. 이제야 부족했던 한 자식은 지면을 열어 엄마의 흔적을 더듬는다. 뒤늦게나마 한 인간의 삶을, 엄마의 사랑을 기록하고 싶기 때문이다. 그런데 마음과 달리 우둔한 자식의 재능이 딱 이만큼이다. 내가 할 수 있는 것이라고는 심장이 뛰는 한 엄마를 기억하는 것뿐이다.

김경숙의 아들, 조항록

차례

우리가 그토록 사랑했던 사람을 잃고
그 사람 없이도 잘 살아간다면,
그건 우리가 그 사람을, 자기가 믿었던 것과는 달리,
그렇게 많이 사랑하지 않았다는 걸까……?

―롤랑 바르트, 『애도일기』

뜨겁게 아픈

- 병상 기록 1

엄마가 병원에 누워 있던 열 달의 시간 동안 얼마나 많은 주삿바늘이 남루해진 육신을 두드렸던가. 아직 희망이 남아 있다고, 좀 더 절망에 맞서보겠다고, 대답 없는 미지의 문을 차가운 주삿바늘로 얼마나 두드리고 또 두드렸던가.

투병은 다름 아닌, 주삿바늘을 숙명으로 받아들이는 일이었다. 짧고도 길었던 그 시간 동안 엄마의 몸에는 항상 주삿바늘이 꽂혀 있었다. 너무 오래 주삿바늘이 꽂혀 있어 피멍 든 몸에 또 다른 주삿바늘이 날마다 희망과 절망의 사연을 이야기했다. 하루에도 여러 번 희망과 절망을 오가는 불안은 차마 견디기 힘든 일상이었다. 어쩔 도리 없이 바라보기만 하는 자식은 연민으로 젖어갔고, 엄마는 메마른 눈동자에 자꾸만 허공을 담았다.

"엄마…… 이제 그만하고 싶구나."
"그게 무슨 말씀이세요?"

나는 엄마의 말이 무슨 뜻인지 너무나 잘 알고 있었다. 그럼에도 모르는 척 시치미 떼며 반문할 수밖에 없었다.

그날 아침 일찍 엄마의 목덜미를 지나는 정맥에는 또다시 굵은 주삿바늘이 꽂혔다. 무슨 검사를 할 목적이었는데, 엄마는 입술을 꾹 다문 채 결코 익숙해지지 않는 고통에 몸을 떨었다. 그러다가 더는 참기 어려웠는지 자식의 눈길을 애써 외면하며 가느다란 신음을 내뱉기도 했다. 그때 엄마는 더 이상 어떤 희망을 떠올리지 않았으리라. 젊은 의사는 무표정했고, 세상은 무심했으니까.

실은 지난밤에도 엄마는 고스란히 홀로 고통을 삼켰다. 복수가 차오른 배에 날카로운 주삿바늘이 예닐곱 차례나 들락거렸던 것이다. 주삿바늘이 엄마의 몸을 빠져나올 때마다 커다란 주사기 배럴은 노르스름한 액체로 가득 채워져 있었다. 고통은 얼마나 지독한가. 사람은 고통으로 죽는 것이 아니었다. 아무리 극심한 고통이라 할지라도 사람을 죽고 싶을 만큼 괴롭힐 뿐 절대로 죽음에 이르게 하지는 않았다. 사람을 죽이는 것은 결국 고통을 지휘하는 질병의 운명 그 자체였다. 질병은 고통을 통해 나약한 인간을 길들인다는 사실을 나는 무참히 깨닫게 되었다.

"아들이 엄마 옷 한 벌 사줄래?"

엄마가 희미하게 미소 지었다. 동대문시장의 수의가게를 잘 안다는 집안 어른이 병문안을 다녀간 뒤였다. 나는 이 말의 의미 또한 너무나 잘 이해했다. 이번에는 아무 대답도 하지 않는 것으로 대답을 대신할 수밖에 없었다.

그날 저녁, 나는 엄마 곁에 가만히 앉아 손등에 깊이 박힌 주삿바늘을 내려다보았다. 식사조차 제대로 못하는 엄마의 몸에는 영양제와 수액을 공급하는 주삿바늘이 하루 종일 꽂혀 있었다. 아무래도 그것을 희망이라고 할 수는 없었다. 그냥 날이 갈수록 텅 비워져 이생을 떠나려는 몸을 간신히 붙잡는 실오라기처럼 보일 뿐이었다.

엄마는 점점 더 잠을 자는 시간이 늘어갔다. 영영 다시는 깨어나지 못할 잠을 자기 위한 준비였을까. 언젠가부터 주삿바늘은 엄마의 몸에 더 강력한 진통제를 쏟아 붓기 시작했다. 그럴수록 엄마는 죽은 듯 잠을 자며 죽음을 마중했다. 주삿바늘이 더는 희망이나 절망을 속삭이지 않았다. 하루에도 여러 번 희망과 절망을 오가던 불안은 어느새 체념으로 낯빛을 바뀌어 버렸다. 캄캄한 어둠 속으로 걸어가는 엄마의 등이 보였다.

"내가 여름은 지나고 떠나야 할 텐데…. 네가 더위를 무척 타지 않니…."

엄마는 무더위에 상복을 차려입고 힘들어할 자식을 걱정했다. 그만한 고통에도 자식은 떼어낼 수 없는 미련인가 싶었다. 나는 대답 대신 고개를 돌렸다. 내 눈앞에는 거의 다 꺼져가는 까만 재가 마지막으로 빨간 온기를 비추고 있었다. 그것을 똑바로 쳐다볼 용기가 나지 않았다.

그로부터 며칠 후, 엄마는 마침내 주삿바늘에서 해방되었다. 누구도 희망과 절망을 이야기하며 두 번 다시 엄마의 몸에 주삿바늘을 꽂지 않았다. 엄마의 지난 열 달은 주삿바늘처럼 차 갑고 날카로운 기억을 남겼다. 그리고 엄마의 지난 열 달은 주삿바늘보다 뜨겁게 아픈 죽지 않는 사랑을 실감하게 했다.

슬픔의 범위

- 병상 기록 2

병원은 덥다. 내가 더위에 민감하기도 하지만, 병원은 분명 덥다. 아무래도 환자들은 몸의 움직임이 적어 추위를 타기 쉬우니 적정한 온도 유지에 신경 쓰기 때문일 것이다. 게다가 병원의 공기는 답답하다. 온도가 높아서 답답하고, 저마다의 오늘이 막막하니 더 답답하다. 하물며 암병동의 공기는 두말할 나위 없다. 그곳의 공기는 정체불명의 화학가스처럼 일상의 평화를 순식간에 질식시키고 만다.

엄마가 첫 수술을 받은 날은 12월 1일이었다. 전날 저녁에 수술동의서를 받으러 온 레지던트는 대장암 4기의 생존율이 5퍼센트 안팎이라고 설명했다. 환자가 묻기는 했지만, 당사자 앞에서 너무 솔직했던 전공의를 원망해야 했을까. 그 말을 들은 엄마는 까마득한 낭떠러지로 미끄러져 버렸다. 다리의 힘이 풀려 주저앉았고, 두 눈에 눈물이 고였다. 창백한 낯빛에 검은 그림자가 드리워졌다. 남편과 자식들이 곁에 있어 봐야 그 절망을 실감하는 것은 불가능했다. 암세포도 절망도 엄마의 영혼 안에서만 전이될 뿐이었다.

하지만 엄마는 밤이 깊기 전에 마음을 다잡았다. 어떻게든 한번 이겨내 보겠다고, 오히려 남편과 자식들을 안심시켰다. 그러니 자식들은 어서 집으로 돌아가 한숨 푹 자고 나오라며 자꾸만 등을 쓰다듬었다. 그때 나는 한낱 인간이, 어디서 왔는지 어디로 가는지도 모르는 처량한 피조물이, 날마다 어리석음을 반복하는 불완전한 존재가 얼마나 존엄할 수 있는지 깨달았다. 실제로 엄마는 수술실에 들어가는 순간에도 따뜻하게 손을 흔들었다. 걱정 말라고, 울지 말라고.

11월 23일, 병명을 확진 받고 자식들이 입원을 권유한 날 엄마는 말했다.

"그렇게 하자. 모든 일은 나중에 너희들한테 후회가 남지 않게 결정하렴."

엄마는 난생처음 맞닥뜨렸을 낯선 공포 앞에서 자식들의 삶을 떠올렸다. 부모를 잃고 자식들이 자책하지는 않을까 훗날의 일을 염려했다. 그것이 괜한 걱정인 것을, 자식들은 여전히 잘 먹고 잘 살아갈 것을 엄마가 모를 리 없었다. 그럼에도 엄마는 자식들 마음의 조그만 그늘마저 거둬주려 했다.

수술은 한나절이 지나서야 끝났다. 엄마는 며칠간 중환자실에서 집중치료를 받고 병실로 올라왔다. 그런데 힘든 시간을 견뎌낸 보람이 없었다. 엄마는 줄곧 극심한 통증을 호소했고, 의사는 12월 23일 재수술을 한다고 알려왔다. 첫 수술 전날부터 그날까지 엄마는 아무 음식도 삼키지 못했다. 그동안 엄마는 텅 빈 위장을 밥으로 채우는 대신 주삿바늘을 통해 영양분을 공급받았다. 나는 미각의 의미를 잃어버린 엄마 앞에서도 끼니를 거를 수 없는 생리가, 매번 때맞춰 찾아오는 나쁜 습관 같은 허기가 면구스러웠다.

재수술을 받고 나서야 엄마의 극심한 통증은 잦아들었다. 그러나 엄마에게 다시 평화가 찾아온 것은 절대 아니었다. 아직도 몸 곳곳에 남은 암세포가 또 다른 통증을 몰고 왔고, 이런저런 검사와 시술이 이어졌다. 간호사들은 아침마다 한 대롱씩 피를 뽑아 갔고, 의사들은 규칙적으로 찾아와 엄마의 얼굴과 차트를 번갈아 바라보았다. 그중 어떤 의사는 가볍게 농담을 건넸고, 또 어떤 의사는 고개를 갸웃거렸다.

그런 가운데 엄마에게는 문병 오는 사람이 끊이지 않았다. 당신의 형제와 남편의 형제를 비롯해 두어 명의 각별한 친구들이 무거운 표정으로 번갈아 병실에 들어섰다. 그들이 들고 온 음료수 박스가 병상 밑에 쌓여갔고, 몇몇은 부조의 뜻을 담아 봉투를 두고 가기도 했다. 이런저런 문병은 아주 잠깐 엄마를 일상의 모습으로 되돌려놓았다. 헝클어진 머리를 매만지면서 인사를 건넸고, 다정히 상대의 안부를 물었으며, 지난날의 추억을 떠올려 일생을 반추했다.

하지만 그런 것이 다 무슨 소용이란 말인가. 아무리 위로의 말을 들어도 엄마의 고통은 한 스푼도 덜어지지 않았다. 엄마는 나와 단 둘이 남게 되자, 당신이 수년 전 누군가의 병문안을 갔던 때를 떠올렸다.

"'어떻게든 기운 내서 다시 일어나셔야 해요.' 하고 엄마가 말씀드렸지. 그때 그분이 그러더구나. '저도 건강했을 때 그런 말 많이 하고 다녔습니다, 허허.' 이제 와 돌이켜보면, 엄마의 말이 그분에게 아무런 위안도 되지 않았던 거야."

그날 엄마는 당신에게 병문안 온 사람들처럼 환자에게 따뜻한 위로를 전했을 것이다. 엄마는 인간에 대한 예의를 중요하게 여겼고, 그런 마음을 진심어리게 표현할 줄 아는 사람이었으니까. 그런데 그날 엄마의 위로를 받은 환자는 전혀 위안이 되지 않았던 것이다. 오늘의 엄마처럼. 엄마는 틀림없는 그 진실을 가슴 저리게 몸소 체험하는 중이었다.

나는 슬픔의 범위가 넓지 않다는 사실을 경험칙으로 명심한다. 내가 사랑하는 사람을 꼭 안아주어도 그의 아픔을 온전히 느낄 수는 없으니까. 나의 처참한 실연에도 타인의 일과는 어제와 다를 바 없으니까. 나는 내 것이 아닌 불행 앞에서 무덤하고, 세상은 오직 내 것인 불행 앞에서 유쾌하다. 궁극적으로, 슬픔은 번지거나 스며들 수 없는 것이라고 나는 다시 한 번 혼잣말을 중얼거린다. 엄마와 나는 부모 자식 사이니까 문병객과는 달랐겠지 싶다가도, 달랐으면 얼마나 달랐을까 나 자신을 의심해본다. 엄마와 나의 입장이 바뀌었다면 모를까.

나는 진통제를 맞고 잠든 엄마 곁을 나와 잠시 병원 휴게실로 향했다. 그곳에는 커다란 창이 있었는데 때마침 함박눈이 쏟아졌다. 그해 겨울의 눈다운 첫눈이었다. 팔뚝에 링거를 꽂고 무표정하게 텔레비전을 쳐다보던 환자들이, 그런 곳에서도 담소를 멈추지 않던 또 다른 환자들이, 근심의 무게로 깊은 날숨을 뱉던 환자의 보호자들이 하나둘 창밖으로 시선을 돌렸다.

"와, 눈 내리는 것 좀 봐."
"폭설이네, 폭설."

그들은 오랜만에 슬픔이 아니었다. 이제 한 줌밖에 남지 않은 동심과 낭만이 잠시 병든 몸을 빠져나와 창밖으로 날아올랐다. 그리고 나의 가슴에는 순백의 고요가 내려앉았다. 머지않아 녹아 사라질지언정, 나의 손이 엄마의 손을 잡고 하얀 숲속으로 희망을 걷고 있었다. 그날 밤 꿈속에서 나는 시를 썼다.

암병동에도 눈은 내린다
첫눈이라 더 절절한 사람들이
창밖을 가리키며 소곤댄다
그 가슴마다 소복이 눈이 쌓이면
현실의 뒷길로 걸음을 옮기는 미련들
고통을 잠시 잊는다고
달라지는 것은 없다지만
새하얀 천지간

집으로 가는 길이 환하게 밝다

첫눈이 다 그친 뒤에도

마지막 눈은 내릴 것 같지 않다

—〈사랑은 아직도 1〉

오늘도 어제처럼

- 병상 기록 3

아침마다 병실이 시끄러웠다. 또다시 의료진이 분주히 오갔고, 환자와 보호자들이 씻고 먹느라 바빴다. 거기에 텔레비전 소리가 소음을 더했다. 남자들이 모인 병실에서는 뉴스 소리가 새어나왔고, 여자들이 모인 병실에는 거의 똑같은 드라마에 채널이 맞춰져 있었다. 지금은 인터넷이 발달했으니 굳이 필요 없지만, 십여 년 전만 해도 텔레비전은 병실의 무료함을 달래주는 소중한 문명이었다.

다인실의 텔레비전은 대부분 유료로 운영되었다. 환자나 보호자가 백 원짜리 동전을 넣어야 시청이 가능했다. 백 원에 10분, 뭐 그런 식이었던가. 누가 시키지 않아도 각 병상의 환자와 보호자들은 돌아가며 텔레비전과 연결된 기계 속에 동전을 집어넣었다. 그것은 어떤 식으로든 병원의 수익 사업 중 하나였기에, 사람들은 자본주의의 영민함에 혀를 내둘렀다. 하지만 어쩌겠는가. 병원에 가서는 누구나 큰소리 내기 어려운걸. 아픈 사람은 타인에게나 병원 앞에서나 절대적으로 을의 입장일 수밖에 없는걸. 더구나 병실에 텔레비전조차 없다면, 환자와 보호자들은 고인 물처럼 흐르지 않는 고통의 시간을 잊을 방법이 딱히 없었다.

"어이구, 저 못된 인간. 또 사고치는구먼."

"쟤는 친아들이고, 쟤는 남편이 밖에서 낳아 온 딸이잖아. 그런데 아들은 저 여자가 자기 엄마인 줄 모르지?"

현실에서나 텔레비전 속에서나 인간만사는 골치 아프기 짝이 없었다. 따지고 보면 가상현실이 최첨단 과학 문명만은 아니었다. 오래전부터 사람들은 눈앞의 슬픔과 외로움을 가상현실을 통해 치유 받고 있었다. 그런 치유가 절대로 실제일 리 없으나, 잠깐이나마 실재인 양 빠져들었다.

그러던 어느 날, 엄마는 새벽부터 찾아온 심한 통증으로 힘들어하고 있었다. 간호사가 엄마의 상태를 체크하고, 당직 의사의 처방을 받아 진통제를 투약했다. 그제야 엄마는 근근이 대화를 나눌 수 있을 만큼 정신을 차렸다. 그러다 보니 어느새 희붐히 날이 밝아왔다. 주치의들의 회진이 시작되기도 전부터 또다시 드라마의 시간이 된 것이다. 보호자들 중 한 사람이 텔레비전을 켰다. 다행히 간밤에 별일 없었던 환자와 보호자들의 눈길이 일제히 드라마로 향했다. 엄마는 다시 깨어난 일상의 소음을 흘려들으며 가만히 잠을 청했다.

하루는 커튼을 둘러 친 옆 병상에서 간신히 울음을 삼키는 기척이 들려왔다. 그 자리에는 삼십대로 보이는 젊은 여자가 누워 있었는데, 누군가 아침 일찍 병문안을 온 듯했다. 두 사람이 나누는 이야기가 자꾸 귀에 담겼다.

"아빠, 나 괜찮아. 별일 없을 거야."
"네가 왜⋯."

누가 들어도 아빠와 딸의 대화였다. 더 불행하게도 젊은 딸이 환자였고, 늙은 아빠가 문병객이었다. 어떤 사정인지는 몰라도 아빠가 뒤늦게 딸의 병세를 알게 된 것 같았다. 아빠는 울음이 터지려는 것을 꾹 참았다. 내가 눈으로 본 것은 아니지만, 몇 번이나 어금니를 깨물어 입 안에 탄식을 가두는 것을 느낄 수 있었다. 아빠는 소리 없이 속울음으로 흐느꼈다.

그런데 그 시각, 언제나처럼 텔레비전을 보던 다른 병상 사람들이 웃음을 터뜨렸다. 드라마란 것이 그렇지 않은가. 분노와 슬픔과 유머를 적절히 버무려놓아야, 실타래를 풀었다 헝클었다 쥐락펴락해야 시청률을 높이지 않는가 말이다. 곡절 많은 인생은 환영받지 못해도 드라마는 모름지기 드라마틱해야 사랑받는 법이다. 다른 병상의 사람들 모두 비슷한 처지였지만, 어쨌거나 그날은 잠깐 고통을 잊을 만했겠지. 그러니 옆 병상의 엄마가 새벽부터 신음하든, 부녀가 눈물로 서로를 안타까워하든 별로 마음 쓰이지 않았겠지. 하기야 병실에 가장 흔한 것이 고통 아닌가. 누가 고통스러워해도 새삼스럽지 않은 것이, 점점 별일 아닌 것처럼 바라보게 되는 것이 병실의 풍경 아닌가.

나는 병실에서도 굳건한 일상의 힘이 신비로웠다. 날이 밝으면 늘 그래 왔듯 씻고 먹고 배설하고 드라마를 보는 그토록 어김없는 일상이 한없이 위대해 보이기까지 했다. 아무리 죽고 사는 절체절명의 위기가 닥쳤다 해도 일상은 반복의 속성을 결코 저버리지 않았다. 그것이 우리가 살아가는 세상의 루틴이었다. 어느 환자는 궁금해하던 드라마의 결말을 미처 보지 못하고 혼수상태에 빠져들기도 했으니, 결국 그는 일상을 영영 잃어버린 셈이었다. 뉴스를 보며 정치적 논쟁을 펼치던 남자 환자들의 소란은 마지막까지 희석되지 않는 일상의 중독이나 마찬가지였다. 일상은 몹시, 힘이 셌다.

"엄마, 운동 좀 할까?"

밤새 병든 육신을 괴롭히던 통증이 잦아들자 엄마가 말했다. 환자의 운동이라고 해봐야 링거 거치대를 끌며 병원 복도를 몇 번 왕복하는 것이지만, 엄마는 그렇게라도 움직이면서 희미하게 이어지는 삶을 확인하고는 했다. 그런데 얼마 후, 나와 함께 짧은 운동을 마친 엄마가 병실에 들어서더니 다른 병상의 할머니에게 다가갔다. 투병에 지친 느린 걸음이 애써 품위를 갖추려는 듯 보였다.

"아까 주신 음료수 잘 마셨어요. 고맙습니다."

엄마는 큰언니쯤 돼 보이는 연배의 할머니에게 정중히 고개를 숙였다. 그것은 두어 시간 전에 그 할머니가 병문안 온 손자 편에 보낸 유산균 음료에 대한 인사였다. 그러니까 할머니는 손자가 사들고 온 유산균 음료를 다른 병상의 환자들에게도 하나씩 건넨 것인데, 엄마가 뒤늦게 그에 대한 감사를 직접 표현한 것이다. 바람 앞의 촛불처럼 흔들리면서도 버리지 못하는 오래된 생활방식. 그것은 다름 아닌 엄마의 일상이었다. 어떤 상황에서든 오늘도 어제처럼 살아가게 만드는 일상의 위력이었다. 사람들은 즐겨 보던 드라마가 끝나자마자 또 다른 드라마를 찾아 채널을 돌렸다.

이곳에서 저곳으로

- 장례식

엄마는 중환자실에서 영면했다. 맥박, 혈압, 심전도 등을 체크하는 중증환자감시장치의 모든 수치가 급격히 낮아지더니 의사가 곧 사망 선고를 내렸다. 새벽 3시 20분. 한 사람의 죽음이 그렇게 증명되었다. 나는 아득한 수평선처럼 변해버린 모니터의 그래프들을 바라보며 소리 내어 울었다. 수평선 너머에는 또 어떤 망망대해가 펼쳐져 있을까. 세상이 깊이 잠든 시각에 엄마는 홀로 돌아오지 못할 길을 떠났다.

"엄마에게 바지를 입혀주셨으면 합니다."
"네, 그런데 환자복 값이 청구될 거예요."

간호사들이 엄마의 몸을 하얀 시트로 덮어 이동침대로 옮길 때 기저귀를 찬 하반신이 눈에 띄었다. 엄마는 환자복 윗도리를 입고 있었지만, 대소변 처리의 편의를 위해 아랫도리는 벗겨놓은 듯했다. 나는 엄마의 마지막 모습을 그렇게 둘 수 없었다. 그래서 하의를 챙겨달라고 부탁한 것인데, 한 간호사는 그것이 공짜가 아니라는 점을 분명히 했다. 지금 생각해보면 이미 부끄러움을 모르게 된 시신을 위해 굳이 그럴 필요 있겠어요, 하는 반문이었는지 모르겠다.

더는 고통과 희열이 깃들지 못하게 된 엄마의 육신은 모든 의료기기를 떼고 영안실로 옮겨졌다. 새벽의 병원 복도를 빠져나가는 이동침대가 천둥처럼 덜컹거렸다. 엄마가, 새까만 적막

속으로 연기처럼 사라졌다. 어디에도 천사는 보이지 않았다. 자식들은 서둘러 검은 양복을 챙겨 입고 삼일장을 준비했다. 새벽부터 움직인 까닭에 먼동이 틀 무렵 일찌감치 제단이 차려졌다. 지난 봄, 병원에서 잠시 퇴원했을 때 미리 찍어둔 영정 사진 안에서 엄마가 희미하게 웃었다. 아니, 울고 있었던가.

맨 먼저 어린 손자들이 장례식장으로 들어섰다. 겨우 초등학생 정도 되는 고만고만한 아이들이었다. 생전에 손자 사랑이 지극했던 할머니인 터라 아이들도 자신의 기억만큼 제 몸을 적시며 슬퍼했다. 다만 그중 한 녀석만은 웬일인지 주변을 두리번거리더니 히죽거리기까지 했다. 그렇다고 나무랄 수는 없는 노릇이었다. 어린 마음에 두 번 다시 할머니를 볼 수 없다는 비현실적 슬픔을 실감하기보다 눈앞의 장례식장 풍경이 신기했겠지. 단순히 관계만으로 슬픔의 질량이 결정되는 것은 아니니까. 그 아이는 세상 떠난 할머니에게 느끼는 슬픔이 딱 그만큼인 듯 보였다. 슬픔은 권유하거나 강요할 수 없는 것. 나는 사람마다 감정의 수용성이 다르다는 사실을 되새겼다.

얼마 지나지 않아 잇달아 조문객이 찾아오기 시작했다. 그간의 문병객보다 문상객이 훨씬 더 많았다. 자발적 고립을 실천하며 살아가는 나와 달리, 사업하는 형과 아우를 봐서 조문 오는 사람들이 끊이지 않았다. 형과 아우는 인사를 받는 만큼 인사를 하고 다녔으리라. 그들은 자신의 신분을 적은 근조 화환을 보냈고, 직접 찾아와 향불을 피웠다. 형과 아우는 그들에게 고마움을 표하며 술자리로 안내해 잠시 이야기를 나누었다. 그 다음의 장례식장 풍경은 내가 여태껏 보아 온 그대로였다. 굳이 상주가 나서지 않아도 조문객은 서로 알고 지내는 이들끼리 모여 정담을 나누었다. 밤이 깊도록 자리를 떠나지 않은 사람들은 갈수록 목소리가 커졌다. 그들은 그렇게 웃고 떠들며 자기가 아직 살아 있음을 확인하는 것 같았다.

새로 조문객이 찾아오지 않는 깊은 밤, 나는 제단 앞에 주저앉아 하느님을 불렀다. 크리스천이 아니었지만, 그 순간만큼은 누구 못지않게 독실하려고 온 정신을 집중했다. 간곡히 하느님을 찾으며 엄마의 영혼이 안식을 누리게 해달라고 기도했다. 실은 엄마에게 리드비나라는 세례명이 있었다. 엄마는 40대 중반의 나이에 갑자기 성당에 다녔더랬다. 나는 엄마를 영영 보내고 나서야, 그 시절 '그'의 몸과 마음이 몹시 피폐했을 것이라고 짐작했다. 그래서 절대자를 찾았겠지. 남편도 자식들도 채워주지 못하는 갈증과 공허를 신 앞에 털어놓았겠지. 그러더니 엄마는 오래 지나지 않아 성당으로 향하는 발길을 스스로 멈추었다. 그곳이 신성한 성전에 그치지 않고 또 다른 사회인 것을 깨달았기 때문이다. 그곳에도 엄연히 실재하는 세상의 모순에 엄마는 실망했다.

그럼에도 나는 장례식장에서 하느님을 불렀다. 엄마가 한때 의지했던 절대자에게 엄마의 영혼을 살펴달라고 당부했다. 하느님은 당신 곁에서 금방 떠나버린 엄마의 진심을 헤아려줄 것이라고 믿었다. 신은 우리에 대해 속속들이 알고 있다니까. 신이 정말 신이라면 성전 밖의 기도에도 분명 귀를 기울일 테니까. 내가 아는 엄마라면 이런저런 죄에도 불구하고 천국에 들 만한 영혼이라고 확신했다. 부디 하느님이 나와 같은 생각을 가져달라며 바라고 또 바랐다.

엄마의 장례식을 치른 3일 동안 내 무릎에는 피멍이 들었다. 조문객과 맞절하는 행동을 반복한 결과였다. 피부까지 벗겨져 제법 쓰라렸지만, 나는 차라리 잘된 일이다 싶었다. 일종의 자학적 공감이랄까. 엄마가 겪은 고통에 결코 견줄 바는 아니었으나 티끌만큼이라도 고통에 동참해 다행이다 싶었다. 엄마가 죽었는데도 내가 너무 멀쩡한 것이 괴로웠으니까. 나는 그토록 낯선 곳에서도 결국 나의 삶에 충실했을 뿐이니까.

나는 요즘도 가끔 엄마의 육신이 마지막 3일을 보낸 그 장례식장을 지나치고는 한다. 말하나 마나 거기에는 또 다른 슬픔이 넘실거린다. 3일 내내 비 내려 범람하는 강물처럼 슬픔이 흘러넘친다. 인생은 끝내 슬픔에 잠기는 것. 슬픔의 아득한 수심에 빛과 어둠조차 없이 소멸하는 것. 아직 살아 있으니 살겠다고 허우적거릴 따름이다. 이곳에서 저곳으로 엄마를 보내고 나니 자꾸만 그런 비관이 깊어진다.

엄마의 단념

- 화장

이별 뒤에 남는 건

뼈밖에 없다

나의 뼈 있는 말에

그의 뼛속에는

어떤 원망이 사무쳤을까

한평생 뼛골 빠지게 버둥거린

그의 뼈마디가

아득히 쑤셔대지는 않았을까

뼈저린 후회

뼈아픈 죄

뼈가 자라야 어른이 되고

뼈에 구멍이 숭숭 뚫려야

일생이 바람인 줄 알았으니

기껏 단지 하나를 채우는 뼛가루인들

작별 인사가 되지 못할까

― 〈시립벽제승화원〉

'만남의 광장'이 있으니 '이별의 광장'도 있게 마련이다. 서울시립승화원. 영원한 이별에 맞닥뜨린 사람들이 발소리를 낮추며 서성거렸다. 누구는 울고, 누구는 제 가슴을 뜯고, 누구는 또 다른 누구의 어깨를 끌어안았다. 누구는 하늘을 올려다보고, 누구는 땅을 내려다보고, 누구는 가만히 또 다른 누구의 손을 잡았다. 그 많던 웃음이 어디에도 보이지 않았다. 세상이 전부 허방이었다.

영원한 사랑이 있느냐고 묻는다면, 나는 선뜻 동의하지 못하겠다. 영원한 행복이 있느냐고 묻는다면, 나는 영원한 불행은 있을 것이라고 대답하겠다. 하물며 영원한 삶은, 당연히 없다. 그럼에도 나와 너는 영원히 살 것처럼 하루를 보낸다. 그런 하루가 쌓여 인생이 된다.

주검을 태우는 데는 생각보다 긴 시간이 걸렸다. 나는 엄마의 영정을 두 손으로 받쳐 든 채 깨진 유리조각 같은 그 시간을 밟고 서 있었다. 눈물이 흘렀고, 또 흘렀고, 그 사이 병마가 망가뜨린 엄마의 육신은 몇 조각의 뼈만 남았다. 그리고 그것은 다시 몇 움큼의 뼛가루로 변해 작은 단지에 담겼다. 산더미 같았던 엄마의 희로애락은 어디로 사라졌을까.

엄마를 화장하고 나서, 엄마가 화장을 두려워했던 기억이 떠올랐다. 비좁은 국토에 묘지만 늘어간다는 오래전 뉴스를 보며, 엄마는 "큰일이네" 하면서도 "아무리 죽은 사람이라도 화장하면 얼마나 뜨거울까" 말을 흐렸다. 그때 엄마는 언뜻 당신의 죽음을 떠올렸겠지. 그때만 해도 죽음이 멀었지만, 누구나 죽는 것이니 당신도 언젠가 죽음을 맞을 것이라고 새삼 되새겼겠지.

그런데 나는 엄마의 두려움을 잊고 있었다. 이제는 너나없이 화장하는 시대이니, 어느 곳에도 양지 바른 한 평의 땅조차 없는 형편이니, 가족이 죽으면 화장하는 것이 당연한 절차라고 나는 생각했다. 이토록 얕고, 쉽고, 가볍기 짝이 없는 생각을 생각이라고 할 수 있을까. 그날 엄마는 숨이 끊어지자마자 병원 장례식장으로 옮겨졌다. 장례를 치르는 동안 영안실 냉장고에 안치된 엄마는 싸늘한 몸이 더 차가워져 얼음장처럼 변해버렸다. 입관 때 보았던 엄마의 입술에는 검푸른 적막이 맴돌았다. 거기에 세상의 마지막 빛이 비쳐 더없는 슬픔이 반짝였다. 나는 신산한 삶에서 힘겹게 빠져나간 엄마를 꽝꽝 얼리고 화르르 불태운 셈이었다.

물론 지금의 내가 매장한 시신의 처참한 변화를 짐작하지 못하는 것은 아니다. 이미 알맹이가 다 빠져나간 거죽이 어떤 의미가 있나 따져보지 못하는 것도 아니다. 그럼에도 화장을 썩 내켜하지 않았을 것 같은 엄마에게 못내 미안하다. 끝까지 엄마의 두려움을 엄마의 두려움으로만 여겨 무심했던 것이 후회스럽다. 그 일은 엄마가 떠난 지 10년이 훌쩍 지났어도 내 가슴에 남아 있는 설움 중 하나다.

"엄마는 내가 죽는다는 사실보다, 너희를 두 번 다시 볼 수 없다는 게 슬퍼."

엄마는 투병 중에 간신히 통증을 견디며 이렇게 말한 적이 있었다. 엄마에게는 모정이 최후의 본능이구나 싶었다. 나는 부모에게 본능을 뛰어넘는 사려가 필요하다고 믿지만, 자식을 그리는 부모의 마음이 본능인 것을 결코 부정할 수는 없다. 그것은 인간의 모든 본능 중에 가장 속절없는 본능이다. 속절 없다는 것이 무엇인가. 덧없다는 것이다. 달리 어떻게 할 도리가 없어 단념할 수밖에 없다는 것이다. 엄마는 오랜 세월 나를 지켜보며 얼마나 많은 것을 단념했을까. 단념하고 단념하면서도 이 미욱한 아들을 얼마나 보듬었을까. 그러니 당신의 죽음보다, 미지의 공포보다, 자식을 두 번 다시 볼 수 없다는 사실이 슬프지 않았겠는가 말이다.

그럼에도 나는 엄마의 육신을 떠나보내며 엄마가 내심 품고 있었을 두려움을 헤아리지 못했다. 무엇이 좋고 나쁘다는 것이 아니라, 엄마가 바라는 것이 무엇인지 곰곰이 살피지 못했다는 자책이다. 그러니까 자식이려나. 하지만 그렇지 않은 자식도 있을 것이다. 분명한 것은, 내가 엄마를 한 번 더 단념시켰을지 모른다는 뒤늦은 탄식이다.

나는 작은 단지에 담긴 엄마의 뼛가루를 추모공원에 모셨다. 그곳에는 엄마보다 먼저 화장된 생명의 잔해들이 층층이 자리잡고 있었다. 그들은 모두 세상의 뜨거운 불구덩이를 견뎌낸 과거였다. 한때 존재했으나 이제는 현재의 기억으로만 남은 부재. 나와 너의 미래였다.

목숨보다 더 사랑해

– 엄마의 체온

"재미있게 살아라."

나는 이 말이 엄마의 유언이라고 생각한다. 엄마가 병상에서 남긴 말이 더 있지만, 나는 이것이 단 한 문장으로 압축한 엄마의 염려와 당부라고 믿는다.

재미있게 살라니. 이러쿵저러쿵 따지지 말고 즐길 것 다 즐겨보라는 가르침인가. 젊어서 실컷 놀아야 늙고 병들어 후회하지 않는다는 충고인가. 그럴 리 없다. 엄마는 평생 방탕과 거리가 먼 사람이었으니까. 엄마의 유언에 사족을 달자면, 아내랑 서로 아끼면서 아들딸과 화목하게 순간순간 기쁨을 만끽하며 살라는 것이다. 엄마에게는 그런 인생이 최고의 가치였으니까. 엄마에게 재미있게 산다는 것은 피붙이의 체온을 더 많이, 더 자주 느낀다는 의미였다. 그렇지 않으면 엄마는 세상의 보물을 다 가져도 풍요롭지 않은 사람이었다. 피붙이의 체온만 곁에 있으면 엄동의 추위도 기꺼이 견뎌낼 수 있는 사람이 엄마였다.

나는 그와 같은 삶의 방식이 과연 타당한지, 아무리 피붙이라 해도 타인에게 그런 태도를 갖는 것이 가능한지 선뜻 헤아리기 어려웠다. 하지만 나도 조금씩 나이 들어가며 그것이 논리의 영역이 아니란 사실을 깨달았다. 피붙이를 향한 엄마의 사랑은 인과관계로 따지거나 기승전결의 구조로 분석할 수 있는 성질이 아니었다. 부모라는 존재가 다 그런 것 아니냐고 일반화시킬 여지가 있겠지만, 적어도 나에게는 엄마의 피붙이 사랑이 평균 이상으로 커 보였다. 그래서 때로는 집착이 아닐까 의심했으나 그때마다 엄마는 짐짓 거리를 둘 줄도 아는 지혜를 내보였다. 앞에서보다는 뒤에서, 바로 옆에서보다는 서너 걸음 간격을 두고 피붙이를 바라볼 줄 알았다.

"너는 고등교육을 받는 사람이니까 어련히 잘 판단하겠지. 네가 바라는 대로 하렴."

대학 진학을 앞두고 철학과에 가고 싶다는 내게 엄마가 이렇게 말했다. 겨우 고3인 나를 고등교육 받는 사람이라고 이야기한 데는 그만한 이유가 있었다. 엄마는 초등학교도 다 마치지 못한 사람이었지만 누구보다 공부의 본질을 알고 있었기 때문이다. 그래서 비록 고등학생이지만 자신보다 가방끈 긴 자식을 존중했고, 자식이 하고자 하는 공부에 대해 이해하려고 노력했다.

그때만 해도 철학과라고 하면 사주풀이 같은 것을 배우는 데라고 생각하는 사람이 적지 않았다. 철학관 간판을 내걸고 영업하는 점술가들이 꽤 많던 시절이니까. 하기야 배움이 짧고 하루하루 밥벌이에 바쁜 어른들 입장에서 삶이 어쩌고저쩌고, 인간이 어쩌고저쩌고 하는 철학은 사주풀이만큼도 관심 없는 뜬구름이었겠지. 나의 아버지도 그러했으나 엄마는 달랐다. 엄마 역시 그런 공부해서 어떻게 먹고 살까 하는 걱정이 없지 않았겠지만, 자식의 바람을 소중히 여기고 자식의 판단을 신뢰

했다. 그 후 나는 철학에서 문학으로 진로를 바꾸었지만, 엄마는 못난 자식에 대한 지지를 거두지 않았다.

"이 아이를 처음 안았을 때, 세상이 전부 내 것 같더라고. 주변 사람들이 모두 나를 부러워하며 쳐다보는 것 같았어."

엄마의 자식 사랑은 고스란히 손자에게 이어졌다. 엄마는 나의 첫아이를 내려다보며 종종 이렇게 말했다. 아름다운 착각이었다. 당신의 손자 당신 말고 누가 그처럼 어여삐 여긴단 말인가. 나는 할머니가 된 엄마를 바라보며, 인간에게 자기 목숨보다 귀한 타자가 존재할 수 있다는 것을 절감했다. 자주 신비하고 놀라웠다. 난 널 내 목숨보다 사랑해, 멜로드라마의 한 줄 대사 같은 그 말은 허황한 레토릭이 아니었다.

엄마는 아이를 데리고 길거리에 다닐 때 손을 놓는 법이 없었다. 손자의 체온은 할머니의 여생을 따뜻하게 데웠고, 할머니의 체온은 손자의 현재를 환하게 밝혔다. 손자에게 할머니는 소중한 타인이었고, 할머니에게 손자는 단 하나뿐인 자기 자신이었다. 그런 모습을 보면서, 나는 행복의 실재를 의심할 수 없었다. 그리고 몇 년 뒤 내가 딸아이를 낳고 나자 엄마는 나누어도 줄어들지 않는 사랑의 기적을 보여줬다. 할머니에게 손녀는 다시 단 하나뿐인 자기 자신이었다. 100을 반으로 나누었는데 양쪽 다 100과 100인 것이 기적이 아니면 뭘까.

"할머니!"

나는 어느 날 투병 중인 엄마와 함께 딸아이가 다니는 초등학교 앞으로 갔다. 그 무렵 나는 엄마의 운동에 함께하는 것이 중요한 일과였다. 운동이라고 해봐야 천천히 동네를 걷다가 공원 벤치에 앉아 해바라기하는 것이 전부였는데, 그날따라 엄마의 표정이 우울해 보였다. 그래서 나는 때마침 하교 시간이 된 어린 딸을 찾아갔던 것이다. 아이는 멀리서 할머니를 보자마자 한달음에 달려와 품에 쏙 안겼다. 할머니, 하며 아이가 수줍게 얼굴을 묻자 할머니는 두 손으로 손녀의 얼굴을 감쌌다. 한없이 여린 두 생명이 오랜만의 해후인 듯 서로를 어루만졌다. 딸아이의 체온은 적어도 할머니의 정신건강에 특효인 명약이었다. 엄마가 웃었다. 딸아이는 할머니의 손을 꼭 쥔 채 나를 앞질러 걸어갔다.

그로부터 며칠 후, 나는 엄마와 산책하다가 마음이 몹시 저렸다. 엄마의 덤덤한 한마디 말과 예사로운 행동 때문이었다.

"네 아빠 고기 좋아하는데…. 오랜만에 백숙이라도 해드려야겠다."

초복을 하루 앞둔 날이었다. 운동을 마치고 부모님이 사는 아파트 입구에 돌아왔을 때, 엄마가 갑자기 상가의 정육점으로 걸음을 옮겼다. 그날 엄마는 여전히 곳곳에 종양이 남아 있는 데다 수술 받은 상처가 완전히 아물지 않아 자꾸 통증에 시달렸다. 길을 걸으면서도 한쪽 손은 내 손을 잡고, 다른 한쪽 손으로는 연신 자신의 배를 문질러댔다. 그런 막막한 형편에 엄마는 남편을 떠올린 것이다. 당시 아버지는 엄마를 간호하느라 많이 지친 상태였다. 이런저런 일을 자식들이 거들었지만, 하루에도 몇 번씩 고통에 겨워하는 배우자를 옆에서 돌보는 일은 온몸의 기운을 바닥나게 했다. 그나마 건강에 문제가 없고 깊이 속앓이를 하지 않는 성격이라 남편의 역할을 지속할 수 있었다.

하지만, 그래도, 엄마는 암환자 아닌가. 생사의 갈림길에서 하루가 다르게 스러져가며 어떻게 남편의 보신을 떠올린단 말인가. 나는 엄마가 순종과 인내의 삶을 살아왔다는 것을 모르지 않았다. 그럼에도 그날 엄마가 보여준 모습은 새삼 눈시울을 시리게 만들었다. 대체 왜 이러는 거야 답답하면서도, 피붙이와 배우자를 향한 더없는 애정에 가슴이 먹먹했다. 아픈 배에 손을 얹고 허정거리며 정육점 안으로 들어가는 엄마의 뒷모습을 멍하니 바라볼 수밖에 없었다.

나는 틀림없이 안다. 그것은 인간이기에, 엄마이기에, 아내이기에 갖는 마음이지만 모든 인간이, 모든 엄마가, 모든 아내가 갖는 마음은 아니다. 인류애와 모정과 금슬로 두루뭉술하게 설명하고 싶지도 않다. 그냥, 나의 엄마가 그렇게 살았다는 지극히 개인적인 이야기로 그만이다. 한 사람의 일생이 어리석어 찬란했다는 조용한 기록이다.

부모 없는 하늘 아래

- 운명

인생은 우연의 집합이다. 인간은 자신의 의지대로 삶을 살아가는 듯하지만, 여러 우연이 인생의 방향을 뒤바꾸고는 한다. 내가 태어난 나라, 가정, 성별부터 우연 아닌 것이 없지 않은가. 어떤 우연 때문에 행운인가 싶던 일이 불운으로 돌변하고, 오늘의 절망이 오히려 내일의 희망이 되는 경우가 인생에는 드물지 않다. 내가 그날 거기에 가지 않았더라면 그 사람을 만나지 못했을 테고, 내가 그때 그 이야기에 관심을 기울였더라면 지금과 전혀 다른 길을 걷고 있을 것이다. 우연의 힘을 목격할수록 경외감을 가질밖에.

그런데 모든 우연이 실은 필연이 아닐까. 인간이 우연이라고 여기는 것이, 인간은 알 수 없는 어떤 섭리로 미리 다 계획되어 있는 필연인지 모른다. 다만 인간은 그 비밀을 헤아리지 못하니 어물쩍 운명으로 넘기며 살아갈 뿐이다. 때로는 운명의 배려에 감사해하고, 때로는 운명의 심술에 비틀거리는 것이 인간의 전부이다. 세상사 운칠기삼이라는 자조 섞인 넋두리도 있지 않은가. 운명, 그것은 인간이 거스를 수 없는 불가항력의 우연이며 명백한 필연이다.

"지금은 참 좋은 시절이구나…."

엄마는 종종 이렇게 말했다. 하루가 다르게 변하는 세상의 풍요와 편리를 지켜보는 소감이었다. 특히 당신이 자식 키울

때보다 훨씬 나아진 육아 환경을 보며 혼잣말을 중얼거릴 때가 많았다. 그러니까 엄마는 자식이 손자를 먹이고 입히는 모습이 부러웠던 것이다. 그것은 당신이 자식에게 더 맛난 음식을 먹이지 못하고, 더 좋은 옷을 입히지 못하며 키운 데 대한 회한이었다. 손자가 누리는 넉넉함이 한없이 기뻤지만, 그만큼 자식의 결핍이 떠올라 새삼 마음이 아팠다. 어디 먹이고 입히는 것만 그랬을까. 엄마는 자식에게 괜히 미안했고, 절대로 다시 시작할 수 없는 인생이 원망스러웠다.

엄마는 1945년생이다. 자료를 보면, 흔히 해방둥이라고 부르는 그해에 약 54만 명의 아이들이 태어났다. 내가 출생한 해의 신생아 통계가 100만 명이 넘으니 생각만큼 많은 수는 아니다. 합계출산율이 무척 높은 시대였지만, 아마도 절대인구가 적다 보니 그 정도 숫자에 그쳤을 것이다. 그런데 당시 우리나라는 54만 명의 아이들조차 건강하게 자라나기 어려운 형편이었다. 적잖이 굶주려 죽고, 적잖이 병들어 죽었겠지. 더구나 몇 해 지나지 않아 큰 전쟁까지 터졌으니 더할 나위 없이 가혹한 운명의 소용돌이에 휩쓸린 세대였다.

엄마의 고향은 보령이다. 바다가 멀지 않은 충청남도의 한 시골 마을에서 삼남매 중 큰딸로 태어났다. 나의 외할아버지가 장남이니, 그 집안의 첫 번째 아기였다. 아무리 남아 선호의 시대였다고는 해도 젊은 부부에게 맏딸을 얻은 기쁨이 얼마나 컸을까. 외할아버지, 외할머니에게 엄마가 얼마나 예쁘고 사랑스러웠을까. 그 무렵 나의 외가는 살림살이에 제법 여유가 있었다. 젊은 외할아버지가 홍성세무서에 다녔기 때문이다. 요즘 세상에 비할 바는 아니지만, 농사를 지으며 근근이 끼니를 잇던 이웃들보다는 한결 먹고살 만한 집이었다. 엄마 나이가 대여섯 살이 되어 가면서, 여동생과 남동생이 차례로 태어났다. 그냥 그렇게 세월이 흘렀다면 얼마나 좋았을까. 마침내 한국전쟁이 발발했고, 엄마의 인생은 전혀 예상치 못한 방향으로 흘러가기 시작했다.

가장 먼저 찾아온 파국은 외할아버지의 죽음이었다. 그 시절의 지방 세무서란 것이 보잘것없는 규모였겠으나, 외할아버지는 홍성세무서의 책임자 신분이었다. 그런데 그 자리가 빌미가 되어 인민군에게 끌려간 뒤 목숨을 빼앗긴 것이다. 공무원, 그것도 자본주의를 상징할 만한 세무서 소속이라 그랬겠지. 젊은 가장의 죽음이 가져온 파장은 엄청났다. 그중 엄마의 삶에 제일 큰 영향을 끼친 일은 외할머니의 재가였다. 누가 보아도 남편을 잃은 젊은 과부의 앞날은 막막하기 짝이 없었다. 더구나 외할머니의 친정 식구들 입장에서는 한 남자의 미망인으로 평생을 살아가게 할 수 없었다. 그래서 서둘러 외할머니를 재혼시킨 것이다. 아마도 혼사를 치르는 집안끼리의 합의였겠는데, 외할머니는 막내로 태어난 아들만 데리고 산 너머 어딘가로 홀연히 사라졌다. 그 뒷모습을 어린 두 딸은 가만히 지켜볼 수밖에 없었다.

"네 이모랑 저 고갯마루에 쭈그리고 앉아 외할머니를 그리워했어."

나와 동생은 환갑을 맞은 엄마와 함께 보령을 찾은 적이 있었다. 열 살 넘어 고향을 떠난 뒤, 수십 년 만에 이루어진 엄마의 귀향이었다. 그날 엄마는 멀찍이 한 고개를 가리키며 어린 시절을 이야기했다.

나는 인간의 선택과 잘못에 대해 되도록 이해심을 발휘하려는 편이다. 누구도 삶의 오류에서 자유롭지 못하니까. 다만 거기에는 전제조건이 있는데, 그 선택에 타당한 이유가 있고 자신의 잘못을 반성할 줄 알아야 한다는 것이다. 만약 지극히 자기중심적 판단으로 어떤 선택을 했다면 그 결과가 불러오는 책임 또한 온전히 자신이 져야 한다. 더구나 그 과정에 빚어진 잘못과 타인에게 입힌 상처에 대해 자각하지 못한다면 비난받아 마땅하다.

그런 맥락에서 나는 외할머니의 선택과 잘못을 너그럽게 이해할 수 없다. 그 시절 일찍 남편을 잃은 젊은 여성이 겪을 곡절을 상상하지 못하는 것은 아니다. 인간의 욕망과 현실을 외면하는 것은 더 더욱 아니다. 하지만 외할머니에게는 세 명의 자식이 있었다. 큰딸의 나이가 예닐곱 살이었고, 막내는 겨우 걸음마를 할 무렵이었다. 거기에 외할아버지의 어머니, 다시 말해 내 엄마의 할머니는 생떼 같은 자식을 잃고 괴로운 나날을 보내는 중이었다. 오죽했으면 박하사탕을 일에 달고 살았다며, 엄마가 당신의 할머니를 추억했을까. 자식 잃은 노인은 자꾸 박하사탕이라도 씹어야 화한 기운이 가슴에 퍼져 잠시나마 답답한 마음을 달랠 수 있었다.

그 후 외할머니는 재가한 집에서 두 딸을 더 낳았고, 나중에 남편이 먼저 세상을 떠나고 나서는 엄마와 이모를 찾기도 했다. 아니, 그 전에 나의 외삼촌이 계부의 학대를 못 이겨 가출해 누나들을 찾아왔으니 자연스럽게 모녀의 인연이 다시 이어지게 되었다. 그때 나의 엄마는 여동생과 함께 서울 변두리로 올라와 단칸방 생활을 하고 있었다. 아직 열댓 살밖에 되지 않은 두 손녀를 전쟁통에 큰아들을 잃은 할머니가 곁에서 돌봐주었다.

나는 외할머니가 오랫동안 품고 살았을 후회와 고통을 짐작한다. 어느 모정이 자식을 버리고 떠나서 편안했겠는가. 그것이 외할머니의 굴곡진 운명이었다는 사실도 가볍게 여기지 않는다. 그래도 외할머니의 선택이 달랐으면 어땠을지, 엄마의 삶이 조금은 평탄하지 않았을지 안타까움이 앞선다. 너무 어린 나이에 부모를 모두 잃은 엄마는 가난과 외로움 속에 초등학교조차 마칠 수 없었으니까. 그런 소녀가 살아가기에는 세상이 결코 만만치 않았으니까. 훗날 외할머니가 엄마에게 자식을 지켜주지 못한 잘못에 대해 용서를 구했는지, 나는 들은 바가 없다.

엄마가 인생에서 맞닥뜨린 한국전쟁이라는 우연은 아주 많은 것을 뒤바꿔놓았다. 어쩌면 그것이 어떤 섭리에 따른 필연이었는지 모를 일이다. 어쨌거나 엄마의 삶은 큰 파도에 얹힌 쪽배처럼 이리저리 흔들렸고, 또 다른 운명을 잇달아 펼쳐놓았다. 누구라도 그 정도의 우연 또는 필연을 감당하기는 쉽지 않았을 것이다. 엄마는 흔들리고 흔들리면서 저 혼자 안간힘을 다해 앞으로 나아갔다.

나는 엄마와 함께했던 보령 여행을 회상한다. 어느 고갯마루에 한 소녀가 앉아 있다. 나는 소녀가 무엇을 바라는지 알고 있다. 그것은 소녀가 이루지 못할 소망이다. 그럴 수만 있다면 나는 이제라도 그 소녀의 가슴속 사연을 다 들어주고 싶다. 돌이켜보면, 나는 엄마의 말에 귀 기울이지 않았다. 소녀는 무슨 이야기를 하고 싶을까. 소녀는 엄마 아빠에게 못다 한 이야기를 내게 들려주고 싶어 하지 않을까. 한참 이야기를 나누다보면 소녀는 엄마가 되고 나는 철없는 아들이 되겠지.

서울, 달동네

- 꿈과 현실

서울이라고 다 같은 서울이 아니다. 지금이나 옛날
이나 마찬가지다. 강남과 강북으로 나뉘기 전에는 사대문 안과
변두리로 구분되었다. 변두리는 다시 영등포, 청량리, 신촌 같
은 부도심과 새롭게 서울에 편입된 서민 주거 지역으로 차별화
됐다. 서민 주거 지역은 다시 좀 더 가난한 사람들을 바깥으로
밀어내 달동네를 만들었다. 산비탈에 좁쌀처럼 내려앉아 지지
리 궁상떨던 그 동네는 달이 가까웠고 꿈이 멀었다.

흔히 가난 속에서도 꿈을 꿀 수 있다고 말하지만, 그것은
몇몇의 성공한 인생에 대한 결과론적 찬사일 뿐이다. 가난은
어린 소녀가 꿈을 좇기보다 현실에 얽매이게 한다. 꿈을 이야
기하며 낙원을 그리기보다 현실의 주린 배를 움켜쥐며 운명을
받아들이게 한다. 엄마가 꼭 그랬다. 열댓 살의 나이에 할머니
와 동생과 달동네 단칸방에서 시작한 엄마의 서울살이는 많은
것을 포기하고 많은 것을 받아들이게 했다.

서울에 올라오고 시간이 좀 지나자, 엄마와 이모는 본격적으
로 먹고살 궁리를 했다. 당장은 할머니가 끼니를 챙겼지만 언
제까지 그럴 수는 없는 노릇이었다. 엄마와 이모는 각자 기술
을 배우기로 결심했다. 기술 하나만 있으면 굶어죽지는 않는다
고 어른들이 입버릇처럼 이야기하던 시절이었다. 마침 주변에
미용 기술과 한복 기술을 배울 길이 있었다. 엄마가 미용이었
고, 이모가 한복이었다. 그렇게 엄마는 미용 기술을 배워 미용
사가 되었고, 지금의 세종대학교 근처에 직장을 구했다. 가게

에서 먹여주고 재워주는 대신 온갖 궂은일을 도맡기로 했다. 그 대가로 받는 돈은 월급이라고 부르기도 민망한 수준이었다. 엄마는 미용 기술을 숙련하는 것에 의미를 두었다.

"아침마다 학교 가는 아이들의 세라복이 얼마나 부럽던지. 창가에 우두커니 서서 그 모습을 바라본 게 하루이틀이 아니야."

그 무렵 스무 살도 되지 않은 엄마는 일보다 공부가 뼈저리게 하고 싶었다. 만약 내게 약간의 공부머리가 있다면 그중 팔 할은 엄마로부터 물려받았다고, 나는 확신한다. 엄마는 당신이 학교를 통해 배운 것보다 훨씬 더 문리가 밝은 사람이었다. 글과 사물의 이치를 깨달아 아는 힘이 어지간히 교육의 수혜를 입은 사람보다 나았다는 말이다. 세상에는 알맹이에 어울리지 않는 허울이 수두룩한 만큼, 껍데기로 섣불리 정의내릴 수 없는 내용이 있다. 사람이 그렇다.

세종대학교는 당시 수도여자사범대학이었다. 외할아버지의 이른 죽음이 아니었다면 엄마가 그 교문을 드나들 소망을 가졌을지 모를 일이었다. 가까이에는 몇 개의 여중과 여고가 있어 아침마다 세일러복을 입고 등교하는 여학생들이 웅성거렸다. 왜 있잖은가, 해군 군복을 본떠서 만든 옛날 여학생 교복. 사람들은 일본어의 영향으로 그것을 세라복이라고 불렀다. 엄마에게 세라복은 당신이 받지 못하는 학교 교육의 상징이었다. 2층

에 위치한 미용실에서 등교하는 여학생들을 내려다보며 엄마
는 남몰래 울었다. 때로는 눈물 없는 울음이 가슴을 더 저미지
않는가. 엄마는 눈물 없이 울면서 미용실을 청소하고 옷매무새
를 가다듬었다.

나는 훗날 우연히 엄마의 미용사자격증을 보게 되었다. 누렇
게 빛바랜 종이에는 젊다고 표현하기보다 어리다고 해야 할
엄마의 사진이 붙어 있었다. 그 한 장의 종이는 어린 엄마가
세상을 살아가는 밑천이었다. 내가 어렸을 적, 엄마는 장롱
속에 넣어두었던 미용사자격증을 다시 꺼내 골목길 한쪽에 직
접 미용실을 차리려고 했다. 당신이 가진 기술에 대한 나름의
자부심이 있었고, 남편의 돈벌이가 신통치 않았기 때문이다.
어느덧 가정을 꾸리고 자식까지 낳았으니 소녀 시절과는 또
다른 꿈이었다. 엄마는 열심히 돈 벌어 자식을 잘 키우고 싶었
다. 여전히 서른 살쯤밖에 되지 않았던 젊은 엄마는 당신의
고단한 삶을 자식이 반복하는 것을 바라지 않았다. 돈을 벌어
야 자식에게 계속 공부를 시킬 수 있다고 판단했다. 자식이
공부를 하면 당신이 아침마다 세라복을 바라보며 느꼈던 아픔
이 사라질 것이라고 믿었다.

하지만 엄마는 미용실을 열지 못했다. 남편이 한사코 반대했
다. 여자의 사회 활동을 곱지 않게 보던 시대였다. 결혼한 여자
가 밖에서 일하면 남편의 무능을 입증하는 것과 다름없었다.
아내는 많든 적든 남편이 벌어다주는 돈 아껴 쓰며 알뜰히 살

림만 하는 것이 당연했다. 심지어 그릇과 여자는 밖으로 돌리면 깨진다고 말하는 사람들이 적지 않았다. 한복 기술을 배운 이모도 다르지 않았다. 다행히 이모는 고등학교 교사를 남편으로 만나 생활의 안정을 찾았으나, 엄마는 그럴 만한 여유도 없었다. 그럼에도 엄마는 남편의 의사를 거슬러 분란이 생기는 것을 원하지 않았다. 엄마는 자식에게 평온한 가정환경을 이루어주는 것이 돈보다 더 중요하다고 생각했다.

"그때 내가 가게를 열었더라면 너희들한테 더 많은 것을 해줄 수 있었을 텐데…. 젊어서 그랬는지, 엄마는 자신 있었거든."

환갑 넘은 엄마가 나에게 이야기했다. 후회는 자기 자신을 세상의 중심에 두고 하기 십상이지만, 엄마의 후회는 자주 자식이 중심이었다. 당신의 삶보다 더 중요한 삶이 엄마에게는 있었다. 글 좀 읽었다고 까불기도 하는 나는 아직도 세상에 대한 멸시와 타인에 대한 분노를 버리지 못하는데, 엄마는 그렇지 않았다. 부모 없이 자란 불운을 핑계대지 않았고, 남편의 고집을 미워하지 않았으며, 자식의 부족함을 탓하기보다 당신의 한계를 미안해했다. 나는 일찍이 엄마 앞에서 부끄러움을 느껴야 했다. 이제 엄마가 없는데, 뒤늦은 부끄러움을 느낀다.

사랑 그리고 시련

– 결혼

사랑의 문법은 비슷하다. 이성 간의 사랑이라고 다르지 않다. 한 번도 본 적 없는 남녀가 우연히 같은 공간에서 처음 마주하게 된다. 그들은 첫눈에 반할 수도 있고, 여러 번 가까이하면서 조금씩 매력을 느낄 수도 있다. 누군가의 소개가 개입되는 상황이 있지만, 서로에게 낯선 두 사람이 처음 만나 사랑에 빠지는 과정은 별 차이가 없다. 두 사람은 지난 시간처럼 남은 인생을 영영 남남으로 지낼 수도 있었다. 그런데 분명 남남이었던 두 사람이 어떤 인연으로 만나게 되고, 서로 마음을 열고, 몸을 나누고, 미래를 함께하기로 결심한다. 그것이 보통의 사랑이다. 사랑의 문법에는 변수가 따르지만, 우리 주변의 많은 사람들은 드라마 밖의 삶을 산다. 대부분 질서 있게 사랑해 결혼하고, 아이를 낳고, 함께 늙어간다.

엄마의 사랑도 그랬다. 엄마는 스무 살 무렵 첫 남자를 만났다. 엄마는 미용사였고, 남자는 미용실에서 사용하는 물건을 납품하는 회사 직원이었다. 남자의 나이는 여자보다 다섯 살 많았다. 두 사람 중 누가 먼저 호감을 드러냈는지 나는 모른다. 남녀의 은밀한 사랑 이야기를 타인이 어떻게 속속들이 알겠는가. 하물며 2년 후 두 사람의 자식으로 태어나는 나는 그때의 풍경을 막연히 짐작할 뿐이다. 전근대적 사고와 생활방식이 곳곳에 남아 꿈틀대던 1960년대의 사랑. 젊음의 혈기만으로 좌충우돌하다 도시를 찾아온 남자와 가난에 등 떠밀려 도시로 들어온 여자의 사랑. 눈에 보이는 것만 볼 줄 알아 눈에 보이는 것만 좇는 남자와 눈에 보이지 않는 것을 보아 눈에 보이지 않는 것을 그리워하는 여자의 사랑. 남자는 사리에 밝으면서도 순종적인 여자를 놓치고 싶지 않았으리라. 엄마도 사랑에 빠져 행복했겠지. 일찍 잃어버린 아버지의 따뜻한 품을 사랑하는 남자에게서 발견하기도 했겠지.

그 시절의 신혼이 대개 그랬듯, 젊은 부부는 별 세간도 없이 살림을 차렸다. 남자는 미군부대로 직장을 옮겼고, 여자는 남자를 위해 밥을 안치고 빨래를 했다. 밤이면 사랑의 불빛이 비추었을 남루한 골목길. 여자는 머지않아 첫 아이를 가졌고, 내가 세상에 태어났다. 부모 없이 자란 엄마가 강보에 싼 자식을 내려다보는 눈에는 무엇이 그렁했을까. 나라서가 아니라, 아들이라서가 아니라, 엄마는 자신이 잉태해 세상에 내놓은 분신이 기적 같았을 것이다. 그 여린 생명이 휘청거리는 삶을 지탱해줄 대들보라고 믿었을 것이다.

그런데 그때 엄마에게는 이미 감당하기 힘든 시련이 닥쳐 있었다. 사랑하는 남편이 털어놓은 뜻밖의 고백이 엄마를 천길 수렁으로 밀어 넣었다. 남편에게, 내 아버지에게 엄마 이전에 결혼한 사람이 있었다. 더구나 둘 사이에는 나보다 먼저 아들이 태어났다. 그 모자를 고향집에 놓아두고 아버지는 혼자 서울로 올라왔다. 그리고는 엄마를 만나 아무 일 없는 척 사랑을 키웠다. 천성이 몰염치하지는 않으니 고민은 있었겠으나, 아버지는 엄마에게 미리 사정을 이야기하지 않았다. 엄마는 나를 임신한 뒤에야 그 사실을 알았다. 하늘이 무너졌겠지. 거듭되는 인생의 장난에 무릎이 꺾이고 심장이 찢어졌겠지. 남자는 여자에게 용서를 구했다. 집안에서 강요해 억지로 치른 혼례였다고 자신의 처지를 설명했다. 아울러 그 인연을 정리할 테니 자신을 떠나지 말라고 매달렸다. 엄마는 선뜻 그렇게 할 수 없었다. 얼굴도 모르는 한 여자와 그가 낳은 아이가 불쌍했다. 두 사람은 또 다른 피해자가 틀림없었으니까. 엄마는 나를 지우려고 했다. 그런데 시간이 좀 지나자 도저히 그렇게 할 수 없었다. 당신의 삶을 위해 새 생명을 지울 만큼 엄마는 모질지 못했다. 결국 남편의 뜻을 따를 수밖에 없었다. 남자는 스스로 장담한 대로 고향에 내려가 이혼 절차를 마쳤고, 곧 자신이 선택한 여자와 차린 살림집으로 돌아왔다.

그로부터 몇 년 후, 엄마는 본격적인 계모의 삶을 살게 되었다. 아버지가 전처에게서 낳은 아들이 초등학생이 되면서 더는 조부모의 보살핌을 받기 어려웠기 때문이다. 나와 동생에게 갑자기 형이 생겼다. 엄마는 어떤 사정 탓에 그동안 형이 시골에서 지내야 했다고 설명했다. 나는 그가 배다른 형일 것이라고는 꿈에도 생각지 못했다. 어렸으니까. 세상이 그렇게 복잡한 것을 몰랐을 때니까. 나는 다시 몇 년이 지나고 나서야 형과 나의 엄마가 다르다는 사실을 알게 되었다. 어렸지만, 큰 충격이었다. 꿈에도 생각지 않은 일이 현실이 되어 어안이 벙벙했다. 하지만 어쩌겠는가. 우리 집의 가장은 아버지였고, 얼마

지나지 않아 모든 우여곡절이 수면 아래로 가라앉았다. 엄마도 세 아들의 엄마로서 당신의 역할을 해나갔다.

"그날부터 내가 얼마나 마음을 졸였는지 몰라. 똑같은 밥상을 차려 주고도 네 형만 살이 빠져 보이면 괜히 신경이 쓰이지 뭐니. 제 몸으로 난 새끼들만 거둬 먹인다고 누가 흉이라도 볼까 봐 말이야. 괜한 자격지심이지 뭐."

그 후로 오랫동안 엄마는 아내로서, 부모로서 의연히 살아가는 모습을 보였다. 살림살이가 좀 괜찮을 때나 힘겨울 때나 옛날 일을 끄집어내며 신세 한탄을 하는 법이 없었다. 오히려 나와 동생에게 미안해했고, 형을 측은하게 바라보았다. 사춘기의 형이 아버지에게 심하게 매를 맞을 적에는 무작정 당신의 몸을 던져 폭력을 가로막기도 했다. 나는 아버지의 사과가 필요하다고 생각했다. 인간이란 존재가 어리석어 누구나 과오를 저지르지만, 자신의 잘못을 깨달아 참회할 줄 아는 것도 인간이니까. 그러나 아버지는 사과하지 않았다. 그 대신 엄마에 대한 일말의 미안함을 형에게 야박하게 행동하는 것으로 표현하려 했다. 아버지는 사과의 대상 중 한 사람이 형인 것조차 자각하지 못했다.

절반이 같은 것이 조금도 같지 않은 것만 못할 때가 있다. 나의 경우 배다른 형제라는 현실이 그러했다. 나와 형은 몇 번의 갈등과 화해를 거쳐 오늘에 이르렀지만 솔직히 둘 사이의 높은 벽은 허물어지지 않았다. 그것을 없애는 일이 아버지가 해야 할 최소한의 역할이었으나, 그 상황을 만든 아버지는 쉽게 외면하기 일쑤였다. 그러니 엄마의 삶만 시름이 더 깊어질 밖에.

"그래도 네 형의 성격이 무던해서 다행이야. 아마 너 같았으면 두 번 다시 아버지를 안 보겠다며 집을 뛰쳐나가지 않았을까?"

언젠가 엄마와 옛이야기를 나누다가 이런 말을 들었다. 그것은 어쨌거나 당신의 상처가 더 심각한 파탄을 몰고 오지 않았다는 안도였다. 그런 사람이 있다. 자신의 상처를 전염시키지 않고 고스란히 제 몫으로만 가둬두는 사람. 엄마 덕분에 우리 집은 그나마 평온을 잃지 않았다.

엄마는 아버지와 44년을 부부로 함께 살았다. 엄마가 낳은 두 아들은 결혼 전까지 각각 30년씩 엄마의 수발을 공기처럼 누렸다. 그 세월이 시련뿐이었다고 혈뜯을 수는 없으나, 적지 않은 시련이 엄마의 가슴을 짓눌렀다. 나 역시 엄마의 괴로움을 대수롭지 않게 여겨 집안에 소란을 더한 적이 한두 번이 아니었다. 상처를 준 사람들은 살고, 상처를 입은 사람은 죽었다. 이상하게, 세상은 그렇게 흘러간다.

얼마나 심장이 아팠을까

– 강박

엄마에게는 강박이 있었다. 흔히 강박은 콤플렉스에서 비롯된다. 자신에게 무언가 부족하다는 열등감이 필요 이상의 에너지를 쏟게 만든다. 행여 누군가 박수라도 보내면 계속 인정받기 위해 이미 마른 행주 같은 자신을 또 쥐어짠다. 그래서 얻는 것은 공허한 칭찬뿐인데, 엄마는 강박이 있었다. 번번이 자신을 낮추고, 자신을 덜어내고, 자신을 잊었다. 그러는 사이 엄마는 밀랍 인형처럼 변해 갔다.

"이따가 할머니께서 우리 집에 오실 거야. 학교 다녀오면 공손히 인사 드려야 해."

겨우 초등학생이었던 나는 엄마의 말뜻이 무엇인지 잘 알고 있었다. 시골에서 어른들이 찾아오면 나와 동생은 반드시 큰절로 예의를 갖추었다. 더구나 그 대상이 할아버지, 할머니라면 문지방을 넘기 전에 넙죽 절부터 올린 뒤에야 방 안으로 들어섰다. 그리고 아침이 되어 어른들을 다시 마주하면 안녕히 주무셨어요, 하고 깍듯이 인사를 올렸다. 그것은 모두 엄마의 가르침이었다.

그뿐 아니었다. 엄마는 어른들을 위해 마련한 반찬에 자식들이 함부로 젓가락질을 하지 않게 가르쳤다. 너희는 나중에 해 줄게, 하며 자식들을 달래기도 했다. 하지만 나와 동생은 그런 때가 아니면 소고기국이나 제육볶음 같은 반찬을 구경할 수 없었다. 어쩌다 살코기 없는 돼지비계만 사서 김치찌개를 끓여 먹던 시절이니까. 툭하면 찬밥에 물 붓고 김치 넣어 국밥을 만들어 먹던 시절이니까. 훗날 엄마는 그 일을 무척 후회했지만, 그때는 그렇게 하는 것이 최선이라고 믿어 의심치 않았다.

"네가 삼촌 좀 깨우고 오렴, 어서 식사하시라고."

한때 아버지는 조그맣게 사업을 벌여, 몇 년 뒤 부도가 날 때까지 집안 형편에 제법 여유가 있었다. 엄마의 알뜰한 살림살이가 더해져 부부는 이문동에 처음 집을 사게 되었다. 빈손이나 다름없이 서울로 간 청춘이 자기 집을 마련한 것은 아버지의 고향 마을에서 꽤나 흥미깃거리였다. 그 후 서울에 볼일이 있어 올라온 아버지의 형제와 사촌, 심지어 아버지의 외삼촌과 당숙까지 줄줄이 우리 집을 찾아오는 일이 벌어졌다. 나는 어린 마음에 손님의 방문이 마냥 즐거웠다. 엄마도 진심으로 손님을 반기며 성심껏 대접했다. 엄마는 단지 싫은 내색을 하지 않은 것이 아니라, 그런 감정을 모르는 사람 같았다. 그랬기에 우리 집에서 나의 삼촌은 3년 동안 회사에 다녔고, 나의 사촌형은 5년 동안 유학했을 것이다. 그들에게는 형의 집이고 작은아버지의 집이었지만, 엄마가 아니었다면 실현되기 어려웠다.

엄마는 어떻게 그럴 수 있었을까. 먼저 엄마의 책임감을 손꼽아야겠다. 엄마는 무엇을 바라기에 앞서 무엇을 해야 하는지부터 생각하는 사람이었다. 내가 준 만큼 언젠가 되돌려 받아야지, 하는 계산을 하지 않았다. 엄마의 너그러움도 빼놓을수 없다. 엄마는 누구를 미워하고 탓하는 것에 자기반성이 작동하는 사람이었다. 잠시 누구를 비난하다가도 곧 나는 뭘 잘했나, 하며 자신을 되돌아보았다. 그리고 또 하나는 강박이었다. 엄마에게는, 강박이 있었다.

"아, 그건….."

엄마는 쉬이 대답하지 못했다. 엄마의 결혼식 사진에 왜 할아버지, 할머니가 보이지 않느냐고 내가 물었을 때였다. 스무살이 넘었는데, 나는 철이 없었다. 질문에 이어 나는 금세 스스로 답을 깨달았다. 당시 엄마는 축복받을 수 없는 며느리였다. 할아버지, 할머니는 고향집에 어린 자식을 놓아두고 다른 여자와 결혼하려는 아들이 못마땅했겠지. 새 며느리를 얼른 받아들인다면, 두 어른은 뜻하지 않게 버림받은 옛 며느리에게 미안할 수밖에 없었다. 그러니 아들의 결혼식에 참석하지 않는 것으로 불편한 심기를 드러냈겠지. 엄마의 결혼식에는 시부모뿐만 아니라 남편의 형제도 불참했다. 그 역시 먼저 인연을 맺었던 사람에 대한 의리였겠지.
그날부터 엄마의 강박이 본격적으로 시작되었다고, 나는 추측한다. 엄마가 며느리로 인정받는 길은 하나뿐이었다. 옛 며느리와 비교도 되지 않는 훨씬 더 나은 며느리가 돼야 했다. 어쩌면 더 나은 인간보다 더 나은 며느리가 되는 것이 중요한 가치였다. 엄마에게는 이렇다 할 뒷배가 없었다. 일찌감치 부모의 그늘은 기대할 수 없었고 두 동생은 보살펴야 할 대상이었다. 남편을 의지했지만, 남편에게도 결코 허술하게 보이고 싶지 않았다. 엄마는 아득한 광야에서 홀로 살아가는 초식동물처럼 만날 온 신경을 곤두세웠다. 몸 쓰는 일이든 마음 쓰는 일이든 슬그머니 꽁무니를 빼는 법이 없었고, 언제나 남편의 육친을 자기 육친보다 살뜰히 챙겼다.

네 엄마는 완벽했어, 라고 아버지가 말한 적이 있다. 엄마가 떠나고 나서 몇 해가 지났을 무렵이었다. 나는 그 말을 들으며 몹시 언짢았다. 세상에 완벽한 인간이 어디 있나. 엄마라고 해서 인간의 졸렬함에서 자유로울 수는 없는 것. 엄마는 순간순간 잘못을 뉘우치며 자신을 객관화하려고 노력했을 뿐이다. 그것이 엄마의 품격이었다. 아버지는 엄마의 품격을 제대로 헤아리지 못했다. 콤플렉스에서 비롯된 엄마의 강박 역시 알아채지 못했다. 절대로 완벽할 수 없는데, 실수마저 두려워했던 엄마의 불안을 이해하지 못했다. 그 세월 동안 엄마의 작은 심장이 얼마나 요동쳤을까. 네 엄마는 완벽했어, 라는 말은 결국 다시 돌아가고 싶은 아버지 자신의 젊은 날을 향한 그리움의 표현일 뿐이었다. 거기에 엄마의 품격과 강박과 불안은

없었다. 오래전, 엄마의 헌신으로 남편과 자식이 빛나던 시절
이 있었다.

과일보다 추억

-감과 바나나

11월이다. 나는 다른 지면에 11월에 관한 글을 쓴 적이 있다. 11월은 행복할 때조차 무작정 행복해하지 못하는 사람들의 인생과 닮았다고. 바람이 휘 불 때마다 나뭇잎은 흔들리고 새들마저 어디론가 떠나간다고. 그리고 11월은 참, 심심하다고.

그 글을 발표하고 나서 5년 후 엄마가 세상을 떠났다. 나뭇잎만 바람에 쓸리다 바스라지고 철새들만 멀리 작별하는 것이 아니었다. 사람의 생애라고 뭐가 다를까. 세상에 나고, 자라고, 늙고, 죽는 것. 인생에서 일체의 온도와 습기를 걷어내면 바싹 마른 드라이플라워만 남는다.

11월의 길을 걷다가 자주 눈길이 머무는 나무가 있다. 감나무다. 도시에 살다 보니 들녘의 감나무는 아니고 어느 집 담장 너머의 감나무다. 지난 늦봄부터 피어난 연노랑 감꽃이 부지런히 물기를 빨아올리고 햇살을 머금어 열매를 키웠다. 깊은 밤과 돌풍을 견뎌, 11월의 감은 발갛게 숙성됐다. 머지않아 수확을 마치고 나면 높은 나뭇가지 끝에 까치밥만 몇 개 남겠지. 혹한을 건너는 무르고 약한 날짐승들의 식량. 엄마는 감을 무척 좋아했다. 홍시, 연시, 단감을 가리지 않았다.

"엄마는 며칠 내내 감만 먹어도 살 것 같아."

얼마나 감이 맛있으면 그랬을까. 나는 너무나 감을 좋아하는 엄마 앞에서, 언젠가 마당 너른 집에 살게 되면 꼭 감나무를

심어놔야지 생각했다. 엄마가 나무 아래를 서성이며 잘 익은 감부터 하나씩 따 먹는 모습은 상상만 해도 기분이 유쾌했다. 사랑하는 것은 사랑을 받느니보다 행복하나니라, 라고 시인 유치환은 이야기했더랬지. 엄마를 바라보는 나의 마음이 그런 행복을 꿈꾸었다. 하지만 얼마나 많은 상상이 상상으로만 그치는가. 나는 아직 마당 너른 집을 갖지 못했고, 엄마는 곁에 없다. 그저 남의 집 담장 너머의 감나무를 올려다보며 지난날의 한때를 떠올릴 뿐이다. 그럴수록 11월이 더 소슬해진다.

"올해 연시도 두어 번 더 사 먹고 나면 시장에 보이지 않을 거야."

아마 사람의 식성에도 유전자는 작용할 것이다. 세상에는 원래 감 좋아하는 사람이 많으니 전적으로 유전자를 이유로 들 수는 없겠으나, 나 역시 점점 더 감을 즐겨 먹는다. 게다가 나의 아이들도 감이라면 마다할 때가 거의 없다. 물론 생전의 엄마만큼은 아니지만. 엄마처럼 모든 종류의 감을 두루 좋아한다기보다 연시에 대한 편애가 있기는 하지만.

감 말고, 나에게 엄마를 추억하게 하는 과일은 또 있다. 바나나다. 지금 아이들이 들으면 정말 그랬어, 하고 되묻겠지만 옛날에는 바나나가 아주 귀했다. 적어도 우리나라에서는 값이 꽤 비싸 부잣집이 아니면 선뜻 사 먹기 힘들었던 과일이다. 그래서 대만이나 동남아시아 사람들은 바나나보다 한국 사과를 훨씬 더 고급 과일로 여긴다는 풍문이 거짓말 같았다. 왜 바나나를 팔아 사과를 사 먹지, 하는 어린아이다운 의문이 들었다.

그런 바나나를 내가 처음 먹은 기억은 고등학교 1학년 때로 거슬러 올라간다. 어쩌면 그 전에도 한 번쯤 살짝 맛보았는지 모르겠으나, 온전히 한 개의 바나나가 내 몫이 된 것은 그때가 처음이었다. 행여 오해가 있을까 봐 다시 말하건대, 한 송이가 아니라 정확히 한 개였다. 어른 손가락보다 조금 기다란 것 딱 한 개.

"가방에 잘 넣어두었다가 점심때 먹으렴."

가을 소풍을 가는 날이었다. 나는 들뜬 마음으로 엄마가 싸준 김밥을 가방에 챙겼다. 사탕 한 봉지와 보리차를 담은 물통도 넣었다. 바로 그 순간, 엄마가 바나나 한 개를 내게 건넸다. 찰나의 슬로모션. 요즘 흔히 보는 것처럼 크지 않고 껍질 한쪽이 검게 변해 있었지만 틀림없는 바나나였다. 달콤하다는 표현은 미각에 관한 것인가, 후각에 관한 것인가. 순식간에 방 안은 달콤한 바나나 냄새가 가득했다. 단 한 개의 바나나 냄새가 설마 그럴까 싶지만, 역시나 인간의 오감은 보고 싶은 것만 보고 듣고 싶은 것만 듣는 속성이 있었다. 그러니 맡고 싶은 냄새만 맡았던 걸까.

내가 시장 근처를 오가며 우연히 보고 들은 정보에 의하면, 그때 바나나 한 개의 가격은 500원 정도였다. 우리 집에서 사먹을 리 없는 과일이라 무심히 지나치기는 했지만 분명 보고 들은 적이 있었다. 이 글을 쓰며 인터넷을 검색해보니 당시 짜장면 한 그릇 값이 500원이었고 시내버스 학생 요금이 140원이었다. 그 시절 바나나의 희소성으로 미루어 짐작해보면, 내 기억이 틀리지 않을 확률이 높다. 엄마가 사온 바나나의 상태로 봐서는 500원보다 약간 쌌을 가능성이 있지만.

"이걸 저 혼자 먹어요?"

내가 놀라며 물었다. 바나나 한 개를 혼자 다 먹느냐는 물음이, 그때는 이상하지 않았다. 그만큼 귀했으니까.

"그럼. 가방 속에서 뭉그러지지 않게 잘 보관해."

엄마는 바나나를 받아들고 머뭇거리는 내 손을 가방 안으로 밀어 넣었다. 엄마의 표정이 더없이 행복해 보였다. 사랑하는 것은 사랑을 받느니보다 행복하나니라, 라고 하지 않나. 나는 바나나를 혼자 먹게 되어 내심 미안하면서도 입안에 군침이 돌았다. 그와 같은 무조건반사를 난들 어쩌겠는가. 지금 내게 고등학교 1학년의 가을 소풍은 가장 먼저 바나나로 회상된다.

그날 노랗게 물드는 것이 은행잎만은 아니었다. 열일곱 살의 나도 노란 모정으로 따뜻하게 물들었다. 이제는 바나나 한 송이의 가치조차 별것 아니게 바뀌었지만, 엄마가 큰맘 먹고 사 줬던 바나나 한 개는 아주 값비싼 추억을 되새기게 한다.

11월에는 내가 잃어버린 것들이 그립다. 더는 내 곁에 머물지 않는 엄마의 모습이 둥근 감처럼 여기저기 매달려 있다. 자식에게 줄 단 한 개의 바나나를 사며 설렜을 엄마의 사랑이 달콤한 냄새처럼 내 몸 곳곳에 스며든다. 11월에는 더는 내 것이 아닌 무엇이 다 그립다.

배고프지, 아들?

– 외식

나는 초등학교 4학년 때부터 안경을 꼈다. 그 시절만 해도 안경 쓰는 어린아이가 별로 없어 엄마의 상심이 컸다. 안경이 갖게 하는 이미지가 있지 않은가. 안경 낀 사내아이는 왠지 소심하고 나약해 보였다. 요즘에 비해 남성성이 유난을 떨던 시대였으니, 엄마에게는 그것만으로도 걱정거리였다. 거기에 엄마는 당신이 어린 아들을 건강하게 키우지 못해 안경까지 쓰게 했다는 근거 없는 자책을 더했다.

"그럴 수만 있다면 엄마 눈이랑 네 눈이랑 당장 바꾸고 싶구나. 엄마는 뒤에 서서도 글자가 전부 훤히 보이던데…. 네 눈이 언제 이렇게 나빠졌을까…."

내가 처음 엄마 손에 이끌려 안경을 맞추러 간 곳은 성북구 삼선교에 위치한 광학안경원이었다. 내가 살던 동네에 안경점이 없지 않았을 텐데, 엄마가 왜 한참 버스까지 타고 삼선교에 갔는지는 모르겠다. 아마 누군가 그곳이 안경을 잘 맞춘다고 추천하지 않았을까 어림잡을 뿐이다. 자신의 만족스러웠던 사적 경험을 별 고민 없이 일반화시켜 주위에 널리 알리는 사람들이 있지 않은가. 때마침 자식의 시력이 나빠져 애태우던 엄마에게 그 말은 귀가 솔깃할 만한 권유였을 것이다.

광학안경원은 좁은 터에 1, 2층으로 점포가 나뉘어 있었다. 아래층에서 안경테를 고르고 나면 위층으로 올라가 시력을 재는 식이었다. 무슨 시험을 보는 것도 아닌데, 나는 살짝 떨리는 마음으로 시력 검사표 앞에 섰다. 안경사는 곧 위에서부터 숫자와 사물을 지시봉으로 가리켰고, 나는 그 명칭을 하나씩 소리내어 말했다. 그런데 안경사의 지시봉이 중간쯤 내려가자 시력 검사표가 잘 보이지 않았다. 눈을 찡그리며 알아맞히려고 애썼지만 숫자와 사물이 흐릿해 뭐가 뭔지 구별되지 않았다. 두어 걸음 뒤쪽에서 그 모습을 지켜보던 엄마가 나보다 더 답답해했다.

"시력이 꽤 낮네요. 난시도 좀 있고. 안경을 쓰지 않으면 눈이 더 빨리 나빠질 겁니다. 안경은 나흘 후에 찾으러 오세요."

엄마와 나는 안경사의 말을 뒤로 하고 가게 밖으로 나왔다. 그날따라 내 손을 잡은 엄마의 손이 차가웠다. 원래 손발이 차가운 체질이기도 했지만, 예상보다 더 나쁜 자식의 시력을 확인하고 가슴이 덜컥했겠지. 마음 약한 사람은 갑자기 걱정하거나 긴장할 때도 몸이 차가워지는 법이다. 설령 바깥이 여름이라 하더라도 기운이 쑥 빠져나가 오한을 느끼게 마련이다. 그깟 안경 쓰는 일이 대수로울 것도 없는데, 엄마는 자식의 문제라 생각할수록 속이 상했다.

"배고프지, 아들?"

삼선교 길을 걷던 엄마가 커다란 빵집으로 걸음을 옮겼다. 동네에서는 볼 수 없는 빵집이었다. 어쩌다 보니 점심때를 놓친 엄마는 아들에게 빵을 사주려고 했다. 밥이야 집에서도 만날 먹으니 오랜만에 자식에게 특별한 것을 먹이고 싶었다. 이미 안경 값으로 많은 돈을 썼으나, 자식 눈 나빠진 것까지 당신 탓으로 여겨 뭐든 좋은 음식으로 아들을 위하려 한 것이다. 그때는 빵만 먹어도 충분히 훌륭한 외식이었다. 더구나 그곳은 테이블까지 여러 개 놓아두고 영업하는 세련된 빵집이었다. 엄마는 아들을 그런 빵집에 한번 데려가 보고 싶었겠지. 엄마의 상심이 외려 가벼운 주머니를 용기 내 열게 했다.

엄마와 내가 자리에 앉자 종업원이 다가와 주문을 받았다. 엄마는 두 사람이 먹을 만큼의 빵과 우유 한 잔을 가져다달라고 했다. 지금 돌이켜보면 엄마도 그런 빵집이 낯설었으리라. 기껏해야 단팥빵, 크림빵, 소보로빵 정도만 알았을 테니 여러 가지 신기한 빵들이 진열된 그곳에서 엄마는 괜히 위축됐겠지. 그래서 짐짓 태연한 척하며 종업원에게 메뉴 선택권을 넘기지 않았을까. 엄마는 모르는 것을 아는 척 시늉하지 못하는 사람이었다. 종업원은 순간 머뭇거리다가 가볍게 고개를 끄덕이며 자리에서 물러났다.

그런데 잠시 뒤 종업원이 가져온 빵을 본 엄마의 눈빛이 흔들렸다. 큼지막한 접시에는 당신이 예상한 것보다 너무 많은 빵이, 그것도 일찍이 본 적 없는 작고 예쁜 빵이 소담이 쌓여

있었기 때문이다. 종업원은 흰 우유가 담긴 유리잔과 물잔도
내려놓았다. 엄마가 난처한 표정으로 자리를 뜨려는 종업원에
게 재빨리 말했다.

"저, 빵이 많네요. 절반만 덜어낼 수 있을까요?"
"네…… 그러세요."

종업원은 심드렁하게 대꾸하며 접시를 가져갔다. 그리고는
금방 돌아와 테이블 위에 다시 접시를 내려놓았다. 아까보다
빵이 영 볼품없게 줄어들어 있었다. 엄마는 그 접시를 우유와
함께 내 앞으로 밀었다. 엄마 앞에 놓인 것은 물잔뿐이었다.

"배고프겠다. 어서 먹어."
"엄마도 드세요."

나는 접시에서 가장 작고 예쁜 빵을 냉큼 집어 입 속으로
가져갔다. 처음 보는 빵이었고, 처음 맛보는 빵이었다. 그 다음
목표물은 소라 모양의 빵이었다. 그 속에는 초코크림이 가득
들어 있었다. 웬만큼 배가 차자 엄마가 눈에 들어왔다. 엄마가
나를 바라보며 미소 지었다. 내가 우유를 마실 때 엄마는 물잔
을 들이켰다. 내가 남은 빵을 권하자, 엄마는 배고프지 않다며
사양했다. 그리고는 엄마가 또 미소 지었다. 나는 나머지 빵마

저 단숨에 해치운 다음에도 입맛을 다셨다. 세상에 이렇게 맛있는 빵이 다 있나. 빵은 내가 다 먹었는데, 배는 엄마가 더 부른 것 같았다.

내가 어렸을 적에는 외식이 흔하지 않았다. 그 시절에도 여기저기 놀러 다니고 먹으러 다니는 집이 없지 않았지만, 대개는 짜장면 한번 사 먹기 쉽지 않았다. 집밥이란 말이 왜 필요한가. 밥은 당연히 집에서 먹는 건데. 밖에서 식사해야 한다면 집에서 도시락을 싸 가면 그만인데. 특히 우리 집은 외식이란 것과 아주 거리가 멀었다. 엄마는 알뜰했고, 아버지는 돈 주고 밥 사 먹는 것을 몹시 아까워했다. 그랬으니 어린 내게 그날 삼선교 빵집의 빵맛이 오죽 특별했을까. 엄마는 알뜰했지만, 그래도 마음속으로는 항상 자식에게 맛난 음식을 사주고 싶었다. 살림 형편이 여의치 않았고, 가장의 생활방식에 순종했을 뿐이다.

엄마와 함께한 마지막 외식은 대학병원 푸드코트에서 있었다. 동네 병원의 소견에 따라 받았던 정밀검사 결과를 확인하러 간 길이었다. 그때만 해도 식구들은 엄마의 여생이 10개월밖에 남지 않았다고는 짐작조차 하지 못했다. 한 치 앞도 모르는 인간답게 나는 얼마나 헛된 바람을 가졌던가. 동네 병원 의사의 실력이 부족해 오진한 것이기를, 대학병원 최첨단 의료기기가 대장암으로 의심된다는 진단을 대장염 정도로 바로잡기를 나는 소망했다. 인간의 소망이 자주 부질없다는 것을 알

면서도 나는 처음 겪는 절망에 당황하며 초현실의 실현을 갈망
했다.

하지만 나의 바람은 끝내 나를 외면했다. 나의 바람이 나를
외면하는 것은 꽤나 익숙했지만, 그것이 엄마의 숨통을 죄어
천지간이 까마득했다. 그런 상황에서 먼저 정신을 가다듬은
사람은 낭떠러지에 매달린 엄마였다. 서둘러 입원 절차를 알아
보고 온 자식들에게 엄마가 말했다.

"배고프지? 우리 여기서 밥 먹자."

평소 같으면 엄마가 꺼내지 않을 말이었다. 아버지가 곁에
있었으니까. 우리 집에서는 바깥일을 마치면 얼른 집으로 돌아
와 있는 반찬에 밥을 차려먹는 것이 오래된 관습이었다. 설령
끼니때가 좀 늦어져도 개의치 않았다. 그런데 그날은 달랐다.
아버지가 말없이 엄마의 결정을 따랐다. 그렇게 대학병원 푸드
코트에서 정말 오랜만에 가족 외식이 이루어졌다. 우리가 초대
하지 않은 슬픔이 눈치 없이 그 자리에 함께했지만. 맨 끝으로
엄마가 자신의 메뉴를 이야기했다.

"다 고른 거야? 엄만 우거지해장국으로 할게."

그것이 투병 전 엄마의 마지막 외식이었다. 강제로 금식하고

메스로 뱃속을 헤집기 전 엄마가 자식들과 마주한 최후의 만찬
이었다. 거기서도 엄마는 자꾸만 자식들 앞으로 반찬을 밀어놓
았다.

몇 장의 스틸컷

- 반짝이는 옛날

*

인생은 한 편의 영화 같아, 라는 말은 명백히 진부하다. 하지만 어쩌겠는가. 그런 기분이 들 때가 있는걸. 별 의미도 없이 표절과 복사를 반복하는 인생의 러닝타임. 이따금 중간에 필름이 뚝 끊어져 무채색 비가 내리기도 하는 누군가의 새드엔딩. 내가 주연인 영화에 내가 주인공이 아닌 것 같은 우울의 미장센. 나는 무엇을 연기하는가. 미지의 감독이 찍어내는 그렇고 그런 기승전결의 로드무비. 나는 하릴없이 무엇을 연기하는가. 나의 가슴 속에는 얼마나 많은 내가 숨죽이고 있는가. 머지않아 모든 불빛을 잃어버리는 스크린의 적막, 슬픔. 그럼에도 저 너머에서 아름답게 반짝이는 몇 장의 스틸컷. 그중 어떤 더러움에도 물들지 않는 나의 유년과 엄마.

*

어린 내가 이문동 골목길을 내달렸다. 내 손에는 학교에 입학해 처음 받은 상장이 들려 있었다. 소년한국일보 주최 어린이 미술 대회. 어디에 쓰이는 줄도 모르고 수업 시간에 그려냈던 그림 한 장이 뜻밖의 기쁨을 가져왔다. 나는 대문에 들어서면서부터 엄마를 찾았고, 부엌에 있던 엄마가 깜짝 놀라며 나를 마중했다.

"무슨 일이니?"

"엄마, 나 상장 탔어요!"

내가 내민 상장을 받아든 엄마의 표정이 환희로 가득했다.
첫 자식이 초등학교에 갓 입학해 처음 받아온 상장이라 더 그
랬겠지. 학교를 오래 다니지 못한 엄마는 학교에 경외감 비슷
한 것을 갖고 있었다. 학교는 언제나 옳아서 학교를 비난하거
나 조롱하는 법이 없었다. 당신이 자식에게 가르쳐주지 못하는
것을 학교는 가르쳐줄 것이라고 굳게 믿었다. 그 시절의 학교
는 아무 거리낌 없이 부모의 직업과 학력을 묻고 아이들에게
폭력을 가했다. 하지만 엄마는 그와 같은 무례와 야만에도 그
럴 만한 이유가 있을 것이라며 이해했다.

나는 엄마를 실망시키고 싶지 않았다. 엄마가 학교에 대해
생각하는 만큼 나도 학교를 존중하려고 노력했다. 우연히 상장
을 받아와 엄마가 기뻐하는 것을 본 뒤로는, 간절히 더 많은
상장을 받고 싶어 했다. 당시 초등학교에서는 숙제를 잘해 오
거나 수업 받는 태도가 좋은 아이들에게 매일 '상'이라는 글자
가 박힌 칭찬 스탬프를 나눠주었다. 그것은 색종이에 고무도장
을 찍어 만들었는데, 토끼나 기린 등이 인쇄된 종이에 하나씩
붙여 가득 채우면 지우개 같은 학용품과 교환해주었다. 그런
교육 방식은 선생님의 지시를 잘 따르라는 일종의 당근책이었
는데, 나는 스탬프를 모으는 데 단단히 재미를 붙였다. 학용품
도 학용품이지만 무엇보다 엄마가 기뻐했으니까. 엄마는 내가

받아온 색종이 스탬프를 적금 붓듯 소중히 모았다. 어쩌면 그것이 적금보다 큰 희망이었겠지.

빛바랜 스틸컷 속에서, 젊은 엄마가 웃는다.

*

이문동 우리 집에는 햇살 잘 드는 마루가 있었다. 내가 학교에서 돌아오면, 엄마는 마루에 앉아 그날 있었던 일에 대해 물었다. 하루가 다르게 글자를 익히고 숫자를 깨쳐가는 자식이 엄마는 기특했겠지. 하나둘 친구를 사귀며 사회의 규칙을 배워가는 자식이 엄마는 대견했겠지. 엄마와 어린 아들이 두런거리는 사이 햇살은 따스하게 마루를 비추었다. 엄마는 궁금한 것을 어지간히 묻고 나서 책가방을 끌어당겼다.

"우리 아들 필통 좀 볼까?"

엄마는 날마다 나의 필통을 살폈다. 제일 먼저 두세 자루의 연필을 문구용 칼로 반듯하게 깎아 플라스틱 필통 안에 가지런히 넣어주었다. 그 다음에는 작은 나무 자와 지우개를 챙겨 이튿날 학교에서 자식이 공부하는 데 부족함이 없게 했다. 나는 지금도 마루에서 허리 숙여 연필 깎던 엄마의 모습이 선명히 떠오른다. 마치 기계로 깎은 듯한 두세 자루의 연필심은 너무 뾰족하거나 무디지 않아 글씨를 쓰기 안성맞춤이었다.

나무 자와 지우개도 항상 단정히 넣어둬, 나는 필통을 열 때마다 저절로 마음이 뿌듯했다. 엄마가 나를 이만큼 아끼는구나, 싶었겠지. 절대적이면서 섬세하게 보호받는다는 느낌이랄까. 이제 와 돌이켜보면 그게 다 엄마의 정성이었다.

나는 사랑하는 대상을 향한 최선의 헌신이 정성이라고 생각한다. 사람이 정성을 다하는 것 말고 무엇을 할 수 있을까. 사소한 정성이 쌓여 삶의 의미를 만든다. 정성이 망각에 묻혀 화석이 될지언정 그것이 누군가의 삶에 에너지를 만든다. 엄마는 정성으로 자식을 보살피는 것이 인생의 가장 중요한 목표였다. 안타깝지만, 그렇게 한 생을 살다 간 사람이 있다. 나는 엄마의 정성으로 몸을 불리고 정신을 키웠다.

빛바랜 스틸컷 속에서, 엄마는 오늘도 나의 연필을 깎는다.

*

깜짝 놀랐다. 우리 집에 이만한 전집이 있다니. 전집으로 책을 팔고 사는 것이 유행하던 시절이었다. 하지만 우리 집에는 그때까지 전집이 없었다. 나는 책꽂이에 명작동화나 전래동화 전집을 빼곡히 꽂아둔 집이 부러웠다. 그런 집에 놀러 갈 때면 시간 가는 줄 모르고 이야기의 재미에 빠져들고는 했다.

아버지는 학교 공부하는 데 교과서면 충분하다고 생각했다. 기껏 더해야 참고서 몇 권만 있으면 그만이라고 여겼다. 아버지에게는 교과서와 참고서가 공부의 전부였으니까. 엄마는 달랐다. 엄마는 당신이 짐작도 하지 못할 만큼 공부의 세계가 드넓을 것이라고 직감했다. 그래서 어렸을 적부터 이런저런 책을 읽어야 하고, 그러려면 집 안에 책이 많아야 한다고 판단했다. 엄마는 다른 데 쓸 돈을 줄여서라도 자식에게 책을 사주고 싶었다. 우리 집에도 전집을 사두어 자식들이 심심하면 꺼내 읽게 되기를 바랐다. 하지만 그것은 쉬운 일이 아니었다. 아버지는 여전히 교과서 밖의 공부를 이해하지 못했다. 나는 어쩌다 친척들에게 용돈을 받으면 낱권으로 동화책을 사 보며 아쉬움을 달랬다.

그러던 어느 날, 학교에서 돌아와 방 안에 들어서던 내가 눈을 의심했다. 방 한쪽에 열댓 권이나 되는 계몽사 컬러학생대백과 전집이 놓여 있는 게 아닌가. 내가 좋아하자, 엄마는 더 좋아했다.

"오늘 외판원이 왔기에 월부로 샀어. 재미있게 읽으렴."

인터넷이 없던 시절, 백과사전은 세상의 온갖 지식을 집대성한 작은 도서관이었다. 엄마는 당신이 설명할 수 없는 자식의 질문을 컬러학생대백과 전집이 해결해줄 것이라고 기대했다. 딱히 그와 같은 쓰임새가 아니더라도, 자식이 틈날 때마다 펼쳐보아 다채로운 상식과 정보에 흥미를 갖게 되면 그만이었다. 엄마는 자식의 미래에 등대가 되어주는 모든 책을 귀하게 대했다. 그러니 수없이 망설이다가 자식에게 처음 사줬을 전집이 얼마나 소중했을까. 그 후로 오랫동안 컬러학생대백과 전집에는 먼지가 쌓이지 않았다.

책이 들어온 날 저녁, 나는 우리 집에서 일어났던 소란을 기억한다. 아버지는 꼭 필요하지도 않은 전집을 사들인 것은 낭비라며 엄마에게 따졌고, 외판원에게 당장 반품할 것을 요구했다. 그런데 여느 때와 다르게 엄마가 물러서지 않았다. 하기야 엄마는 그런 일이 벌어질 줄 뻔히 예상했을 것이다. 아버지의 성격과 생각을 분명히 알고 있었으니까. 만약 다른 일 같았으면 엄마는 열 번이고 백 번이고 당신의 뜻을 굽혔을 것이 틀림없다. 하지만 그날의 엄마는 단호했다. 무슨 사달이 벌어지더라도 자식 위해 사준 책을 물릴 수는 없다는 듯 꿋꿋이 밀어붙였다. 흔치 않은 상황에 아버지가 당황했고 결국 고집을 꺾었다. 그렇게 나에게도 첫 번째 전집이 생겼다.

빛바랜 스틸컷 속에서, 엄마가 외로운 전사처럼 먼 곳을 바라본다.

*

계속 필름이 돌아간다.

나는 아직 필름 안에 있고, 엄마는 필름을 떠났다. 인생은 한 편의 영화 같아, 라는 말은 분명한 거짓말. 거짓말이 인생의 진실. 나는 무엇을 연기하는가. 배우에게는 얼굴이 가면. 가면이 인생의 본색. 나는 또 무엇을 연기하는가. 다시 비가 내리고, 다시 눈이 쌓이고, 이토록 사적($私的$)인 봄여름가을겨울에 나는 있고 엄마는 없다. 다만, 몇 장의 스틸컷에서 엄마가 반짝인다.

기브 앤드 테이크

- 기시감

그럴 줄 알았다. 뿌린 대로 거둔다고 하지 않나. 엄마는 간절히 붙잡으려는 내 손길을 뿌리쳤다. 차가운 얼굴로 미동도 하지 않은 채, 두 번 다시 볼 일 없다는 듯 누구도 알지 못하는 곳으로 영영 떠나버렸다. 가슴 미어지게 울어봤자 소용없는 일이었다. 어째서 후회는 항상 뒤늦게 찾아오는지.

*

폭염이 이글거리는 한낮이었다. 나는 대학생이 되어 처음 맞이한 여름방학에 한껏 게으름을 피우고 있었다. 머릿속으로는 해야 할 일과 하고 싶은 일이 산더미 같았지만 에라 모르겠다, 가진 것은 시간뿐이라 착각하며 지금 일을 다음으로 미루기 일쑤였다. 그러다 보니 허구한 날 낮잠의 유혹에나 모르는 척 몸을 맡길밖에.

그날도 나는 벌건 대낮에 웃통까지 벗어던진 채 꿈길을 헤매다녔다. 지나고 보면 금싸라기 같은 청춘의 시간이 얼마쯤 흘렀을까? 꿈인지 생시인지 내 것이 아닌 손길이 30도가 넘는 고온 탓으로 후끈 달아오른 이마에 얹혔다. 이틀째 감지 않아 끈적하게 헝클어진 머리카락을 손빗으로 가지런히 쓸어 넘기더니, 아직 여드름이 활화산처럼 생동하는 두 볼을 매만지기까지 하는 것이 아닌가. 그 손길에는 그야말로 플라토닉하다고 할 사랑의 감정이 가득했다. 아니, 어쩌면 그 어떤 인류애와도 비교할 수 없는 측은지심이 흘러넘쳤다고 말해야 될지 모르겠다.

순간 나는 꿈길에서 만났던 누구의 손길이 아닌가 싶어 히죽거렸지만, 정신을 차려 현실세계로 돌아오는 데는 몇 초도 걸리지 않았다. 모름지기 꿈은 결국 허무하게 깨고 마는 법. 나의 게으른 여름 한낮에 불쑥 끼어든 손길의 정체는 다름 아닌 엄마였다. 그때 나는 어미가 자식을 쓰다듬는 것이 어떤 의미인지 알지 못했다. 갑작스럽게 물벼락 맞은 똥개마냥, 나는 머리를 두어 번 털어대는 것으로 엄마의 손길을 뿌리쳤다. 그러고도 모자라 뻘게진 두 눈을 치켜뜨며 맹렬하게, 인정머리라고는 눈곱만치도 없이 손사래를 쳐댔다.

"아이씨, 왜 귀찮게 만지고 그래요!"

그 말 한마디로 방 안의 공기가 싹 달라졌다. 밤낮으로 이글거리던 삼복더위는 어디론가 사라지고 냉랭한 겨울바람이 불어닥쳤다. 그때 대리석보다 단단하게 굳어버렸던 엄마의 표정을 어떻게 잊을 수 있겠는가. 엄마는 아무 말 없이 자리에서 일어나 쓸쓸히 방을 나갔다. 세상 다 잃은 것 같았던 그 뒷모습은 또 어떻게 잊을 수 있겠는가. 그날은 정말 몰랐다. 엄마의 다친 마음과 세월이 한참 지나도 지워지지 않을 마음의 흉터를. 그로부터 20여 년이 무심히 흘렀고, 여느 부모들이 그러하듯 엄마는 아들의 때늦은 후회를 뒤로한 채 아주 먼 곳으로 떠나버렸다.

*

한때 대학생이었던 나는 어느덧 두 아이의 아빠가 되었다. 고물거리는 아이들을 물고 빨아 키우면서 아비 된 기쁨을 만끽했다. 세상에 이렇게 예쁜 것들이 있을까. 세상에 내 목숨보다 귀한 것이 새끼들 말고 어디 또 있을까. 그제야 나는 새삼 이승 떠난 엄마가, 그날 매정하게 뿌리쳤던 엄마의 손길이 떠올랐다. 하지만 어떡해. 한번 지나간 일은 돌이킬 수 없는 법. 예로부터 내리사랑이라고 하지 않던가. 그래, 엄마에게 못 다한 사랑 어여쁜 자식들에게 다 주자. 그러면 하늘나라의 엄마도 못난 이 아들을 용서해주겠지.

어느 날, 나는 숙제하는 어린 딸아이를 가만히 지켜보다가 늘어진 머리카락을 쓸어 올려주었다. 보고 또 봐도 예쁜 것. 그러다가 그만 나도 모르게, 막 피어나는 꽃잎처럼 사랑스러운 딸아이의 두 볼을 어루만지기까지 했다. 아이고, 요 귀여운 것. 그 순간, 옛날에 분명 보았던 것이 틀림없는 내 삶의 한 장면이 번쩍 눈앞을 스쳐 지나갔다. 다만 버전이 좀 순화됐을 뿐.

"아이 참, 왜 귀찮게 만지고 그래!"

나는 말문이 턱 막혔다. 왠지 가슴이 일렁거리더니 무언가가 울컥 치밀었다. 자칫 딸아이에게 들킬까 싶어 "아빠가 미안"이라고 한마디만 겨우 뱉은 채 서둘러 비켜 앉았다. 아, 어린 딸아이가 어떻게 알까. 아빠의 다친 마음과 세월이 한참 지나도 지워지지 않을 마음의 흉터를. 아마도 다시 20여 년쯤 세월이 흘러야 할지 모른다.

엄마는 몰랐네

- 미필적 고의

학교에 도시락 싸 가는 것이 옛일이 되어 버렸다. 급식이 보편화되었고, 드물게 도시락을 싸야 할 경우가 있어도 간단히 대체할 만한 음식이 많아졌기 때문이다. 이제 도시락이라고 하면, 아이들은 프랜차이즈 도시락이나 편의점 도시락을 떠올릴 뿐이다. 엄마가 새벽잠을 설쳐가며 따뜻한 밥을 지어 싸주던 도시락은 기억 속의 유물로 남았다. 또 하나의 고된 노동이 사라진 것은 다행인데, 몇 푼의 돈과 편리가 엄마의 정성을 대신할 수 있다고 믿는 세태는 좀 아쉽다.

"오늘은 반찬이 김치뿐이구나. 밥 잘 챙겨먹고 공부 열심히 해."

내가 고등학생이 되자 엄마는 날마다 두 개의 도시락을 싸야 했다. 거기에 중학생이던 동생과 이미 고등학생이던 형의 것까지 더해야 했으니 정말 보통 일이 아니었다. 돌이켜보면, 그것은 엄마의 사랑으로 대충 퉁치기 어려운 중노동이었다. 나는 얼마 뒤 도시락을 두 개씩 들고 다니는 것이 성가셔 커다란 양은 도시락 하나에 밥을 꽉 눌러 담아 달라고 엄마에게 말했다. 그 밥을 절반씩 나누어 점심과 저녁에 따로 먹을 계산이었다. 아직 어렸지만 엄마의 수고가 너무 크다는 자각도 있었다.

"엄마는 괜찮아, 도시락 싸는 게 하루이틀도 아니고. 네가 별 반찬 없어도 잘 먹어주니 고맙지 뭐."

엄마는 나의 제안을 선뜻 받아들이지 않았다. 오히려 매일같이 김치에, 이따금 콩자반이나 멸치를 볶아 싸주는 도시락 반찬을 미안해했다. 그 무렵에는 어느 집이나 대개 그랬고, 그만 해도 훌륭한 반찬인데 엄마는 마음과 다른 현실을 안타까워했다. 하지만 나는 고집을 꺾지 않았다. 한 개의 도시락을 절반씩 나눠 먹는 친구들이 이미 여럿 있었고, 학교에 다니면서 시쳇말로 내가 밥값이나 제대로 하는지 회의가 들었기 때문이다.

나는 고등학교 1학년을 마칠 시기부터 서서히 염세에 젖어들었다. 누가 나를 그쪽으로 이끈 것도 아닌데, 오늘 보는 하늘이 어제의 하늘과 달랐다. 인간의 이면을 눈치채기 시작했고 세상의 허위가 슬그머니 괴로웠다. 그럴수록 학교 선생님보다 학교 밖 철학자와 작가의 한마디 관념이 가슴을 울렸다. 교과서를 외우는 대신 불온한 정신을 부추기는 책에 밑줄을 긋는 시간이 점점 늘어갔다. 그때 나는 고등학생이라는 신분의 무게보다 존재의 무게가 훨씬 더 컸더랬다. 내게는 그것이 사춘기였고, 내게는 그것이 시를 쓰며 살아가는 운명의 첫걸음이었다. 그러니 학교에서 열심히 공부하고 오라며 싸준 엄마의 도시락을 무슨 염치로 두 개나 먹을 수 있었겠나. 아니, 한 개의 도시락이라 한들 새벽부터 쌀을 안치고 성심껏 반찬을 마련한 엄마의 믿음을 배반하는 것이 마음 편할 리 없었다.

"엄마는 우리 아들이 한의사가 되면 좋겠어."

엄마는 자식에게 어떤 공부를 해라, 어떤 직업을 가져라 쉽게 말하는 사람이 아니었다. 그러기에는 자신이 공부에 대해 아는 바가 별로 없고, 세상살이에도 약지 못하다고 생각했기 때문이다. 그 대상이 설령 자식이라 하더라도 타인의 인생에 감 놔라 배 놔라 하며 함부로 간섭하는 성격은 더 더욱 아니었다. 그럼에도 엄마는 내게 두어 번 한의사 얘기를 했다. 엄마는 오랫동안 여기저기 몸 아픈 데가 많은 삶을 살아 평소 의사에 대한 감사와 존경이 있었다. 아울러 자식이 의사가 되면 경제적 안정을 누릴 것이라는 기대도 가졌다. 그중에서도 한의사는 양의사와 달리 처참하게 망가진 환자의 몸을 거의 보지 않아도 되니 자식에게 권할 만한 직업이었다.

하지만 부모는 자식을 모른다. 부모는 자식의 성장과정을 속속들이 지켜본 터라 남들보다 선입견에 빠질 위험이 더 크다. 내 자식이 말썽을 부리기는 해도 천성은 참 착해. 내 자식이 노력하지 않아서 그렇지 마음만 먹으면 뭐든 잘해낼 거야. 내 자식은 절대로 어리석게 행동하지 않을 거야, 내가 잘 알아. 뭐 그런 말을 흔히 듣지 않는가. 한때 순진했고, 한때 총명했고, 한때 정의로웠던 자식의 모습이 부모의 눈과 귀를 흐리게 만든다. 자식은 벌써 변했는데, 부모는 옛날에서 빠져나오지 못하는 것이다. 나를 바라보는 엄마도 마찬가지였다. 내 영혼은 자꾸만 학교 담장 너머로 날갯짓을 하는데, 엄마는 그 사실을 전혀 알지 못했다. 나는 눈곱만큼도 한의사가 되고 싶지 않았고, 어느새 곤두박질친 성적 탓에 한의사가 될 가능성은 조금도 남지 않았다. 나는 날마다 엄마가 싸준 도시락을 먹으며 발 없이 어딘가를 떠돌아다녔다. 발이 없어 자유롭고 불안한 시절이었다.

여전히 고등학교를 다니던 어느 해 겨울이었다. 지금처럼 그때도 고등학생의 하루는 어둠이 채 사라지지 않은 이른 시각부터 시작되었다. 나는 등교 준비를 마친 다음 학교에 입고 갈 옷을 찾았다. 그러자 엄마가 서둘러 안방 이불 밑에 넣어두었던 바지를 꺼내 건넸다. 그 자리는 아랫목이라 바지를 받아든 내 손에 뜨뜻한 온기가 고스란히 전해졌다.

"오늘은 날이 춥더라. 이걸 입으면 한결 나을 거야."

그날 하루만 그런 것이 아니었다. 내가 중학교에 다니던 겨울날에도 엄마는 날씨가 크게 추워질 적마다 교복 바지를 이불 밑에 넣어 따뜻하게 덥혀주었다. 내가 고등학교 들어가던 해에 교복 자율화 정책이 시행되어 그 옷이 검정색 교복에서 청바지 등으로 바뀌었을 뿐이다. 그 무렵에는 집 안에도 외풍이 무척 심해 밤새 옷걸이에 걸어둔 옷에 냉기가 돌았다. 그래서 아침에 옷을 입을 때면 다리부터 온몸으로 서늘한 기운이 짜르르 퍼지기 일쑤였다. 엄마의 자식 걱정이 거기까지 미쳤다. 남들은 건성으로 보아 넘기는 일을, 자식 스스로도 대수롭지 않게 여기는 일을, 엄마는 항상 세심하게 살폈다. 어둑한 새벽길에는 매서운 겨울바람이 휘몰아쳤지만, 엄마가 건넨 바지를 입고 나선 두 다리에는 잠시나마 온기가 돌았다. 엄마가 아니었다면 어디에서도 느껴보지 못했을 삶의 위안이었다.

엄마는 세상을 떠나는 순간까지 자식에 대한 신뢰를 거두지 않았다. 자식의 성취는 온전히 자식의 몫이고, 자식의 실패는 언제나 당신의 책임이었다. 자식의 만용과 변명을 나무라면서도 자식의 진심을 의심하지 않았다. 자식이 당신의 품을 벗어나 저지른 일탈과 기만은 상상조차 하지 않았겠지. 엄마는 세상에서 제일 속이기 쉬운 사람이었다. 너무 속이기 쉬워서, 나는 엄마에게 하지 않은 이야기가 참 많았다. 그냥 됐다고, 신경 쓰지 말라고, 알아서 하겠다고 같잖은 불평만 늘어놓았다. 엄마의 신뢰를 번번이 아름다운 결말로 보답하지 못했다. 나는 뒤늦게나마 엄마에게 솔직히 털어놓아야 했다. 엄마가 나를 믿어줘서 배부르고, 자유롭고, 따뜻했다고. 그래서 자주 미안했다고.

해야 하는 말, 하지 않은 말

– 어른의 말

나이가 든다고 누구나 '어른'이 되는 것은 아니다. 세월이 흐르면 저절로 어른이 되지만, '어른'이 되는 데는 반드시 얼마만큼의 노력이 필요하다. 그중 하나가 말을 가릴 줄 아는 것. '어른'이 되려면 하고 싶은 말도 하지 않을 줄 알아야 하고, 하기 싫은 말도 할 줄 알아야 한다. 그러므로 말하는 것만 들어보아도 그 사람이 단순히 생물학적 어른인지, 존중받을 만한 품격을 갖춘 '어른'인지 구별한다. 나는 그것이 교육 수준이나 경제 상황과는 별로 상관없다고 믿는 쪽이다.

나는 엄마와 40여 년을 살면서, 엄마의 실수와 착각과 미성숙을 이따금 목격했다. 엄마도 누구나 그렇듯 불완전한 인간이므로 당연한 일이었다. 다만 그것이 나 같은 사람의 잘못과 무지와 몰염치에 비할 바는 아니었고, 엄마로서의 엄마는 적어도 내게 부족함이 없었다. 무엇보다 엄마는 말을 가릴 줄 아는 사람이었다. 당신이 하고 싶은 말을 절제할 줄 알았고, 당신이 해야만 하는 말을 회피하지 않았다. 그래서 나는 엄마로서 엄마를 사랑하는 만큼 '어른'으로서 엄마를 존중했다. 엄마가 종종 내게 말했다.

"그렇게 세상을 부정적으로 보지 마. 그래도 나쁜 사람보다 좋은 사람이 훨씬 더 많으니까."

과연 그럴까, 나는 아직도 회의적이지만 엄마는 좀 더 긍정적이지 못한 자식을 불안하게 바라보았다. 또 당신은 이 세상이 실제로 그렇다고 생각했다. 무릇 비관론자보다 낙관론자가 삶을 인정 있게 사는 법. 그래서인지 엄마가 세상을 떠나자 진심으로 그 죽음을 안타까워하는 사람이 많았다. 나는 어떨까, 문득 그려보니 썰렁하기 짝이 없을 풍경이 대비되었다. 어쩌겠는가, 뿌린 대로 거두는 것을. 나는 아버지가 되고 나서도 아들딸에게 섣불리 엄마와 같은 말을 하지 못한다. 아직도 생전의 엄마만큼 '어른'이 되지 못했다는 확실한 증거 중 하나다.

"뭐든 성급하게 욱하지 마렴. 찬찬히 상대방 입장도 헤아려 봐. 참을 인 자 셋이면 살인도 면한다는 옛말이 있잖니."

내가 어떤 일로 치밀어오른 화를 와르르 쏟아내고 나면, 엄마는 차분히 나를 달랬다. 그나마 나는 반성기제가 작동하는 편이라 엄마의 충고를 내치지 않았다. 입으로는 여전히 툴툴거리면서도 마음속에 엄마의 말을 담아두었다. 그 덕분에 지금껏 살아오면서 큰 사고치지 않고 '어른' 행세를 할 수 있는 게 아닐까. 엄마가 지치지 않고 여러 번 그런 말을 해주었기에, 나는 무작정 감정을 터뜨려봐야 해결되는 것은 아무것도 없다는 진리까지 서서히 깨닫게 되었다.

그뿐인가. 엄마는 젊은 내가 희망 앞에서 좌절할 때마다 위를 보지 말고 아래를 보렴, 하며 위로했다. 자식의 희망이 이루어지기를 간절히 바라면서도, 자식의 희망이 날것의 욕망으로 삐뚤어질까 염려했던 것이다. 욕심 앞세워 위만 올려다보는 대신 아래를 내려다보면서 다시 한 번 노력하고 너그러운 사람이 되기를 바랐다.

그처럼 엄마는 자식에게 들려줄 말을 항상 '어른'답게 해주는 사람이었다. 어떤 인텔리의 수사(修辭)로 엄마의 말을 대신할 수 있을까. 엄마의 말은 내 정신과 마음에 천천히 스며들어 지금도 귓가에 찰랑거리고는 한다. 엄마의 말만 명심해도 조금은 더 나은 인간이 될 수 있겠다는 자각이 세월 갈수록 깊어진다. 그런데 자식에게 해줘야 하는 말을 피하지 않았던 엄마가, 자식에게 결코 하지 않았던 말이 있다. 이를테면 다음과 같은 말이다.

"내가 널 어떻게 키웠는데, 나한테 이럴 수 있니?"

"난 평생 자식 위해 살았어. 너희들만 보고 살았다고!"

내가 엄마에게 한 번도 들어본 적 없으니 그 말을 그대로 옮길 수는 없는 노릇이다. 그저 엄마 아닌 주위 사람들이 하는 말과 드라마에서 들은 대사를 문장으로 베껴놓았을 뿐이다. 엄마는 생색내는 말 자체에 익숙하지 않았다. 하물며 자식 키운 공을 들먹이며 생색내는 일은 꿈에도 생각지 못했다. 자식이 세상 살아가며 어쩔 도리 없이 겪는 고난을 지켜보면서, 자식에게 더 못해 준 것이 자꾸만 떠올라 괴로워하면서, 엄마는 말문을 열지 못할 때가 많았다. 입으로 생색내기는커녕 괜히 애처로운 눈길로 자식을 가만히 바라보기만 했다.

"내가 늙어간다는 사실보다 자식 나이 들어가는 게 너무 서글퍼."

내가 40대에 접어들 무렵 엄마가 말했다. 자기가 늙고 병들어가는 것보다 다른 사람의 생로병사에 더 마음이 쓰일 수 있을까. 나는 엄마를 통해 사람이 그럴 수 있다는 것을 알게 되었다. 엄마에게는 내가 다른 사람일 리 없지만, 부모 자식 사이도 엄연히 딴 몸이 아닌가. 몸만 그런 것이 아니라 영혼마저 각각인데 엄마는 나이 들어가는 자식이 늙어버린 자신보다 더 서러웠단 말이다. 엄마는 자식이 계속 젊은 모습으로 살아갔으면 하는 불가능한 소망을 가졌다. 당신이 늙고 죽는 것은 순리지만 자식만큼은 자연의 섭리를 거슬러 영원히 젊음의 활력을 갖기를 바란 것이다. 아무도 수긍하지 못할 소망이긴 해도, 그러니까 엄마였다.

엄마가 한창 투병 중일 때, 내가 함께 산책에 나선 날이었다. 그날따라 병약해진 엄마의 몸이 작고 여려 보였다. 그냥 그렇게라도 좀 더 늙어 노인이 되어 가면 좋겠는데, 엄마에게는 꼬부랑 노인이 되는 것조차 허락되지 않았다. 어느 면에서 노

인이 된다는 것은 다른 누군가가 누리지 못한 축복이지 않은
가. 나는 엄마가 몹시 가여웠다. 빗물에 흠뻑 젖은 굶주린 참새
같아 불쌍하기 짝이 없었다. 나는 산책을 마친 뒤 엄마를 집
앞에 바래다주고 두 팔로 살며시 어깨를 감쌌다. 엄마도 빙긋
이 미소 지으며 두 팔로 나의 허리를 안았다. 엄마가 완전히
할머니가 되어 아들의 등에 업힐 날은 오지 않겠지. 그날이
오면 엄마의 뼈가 텅 비어 슬프겠지만, 나의 등에 눈물의 무게
말고 아무것도 느껴지지 않겠지만, 정말 기적이란 것이 일어나
면 더 바랄 나위 없겠다 싶었다. 그때 엄마가 말했다.

"아프니까 좋은 것도 있네, 아들."

내 가슴에서 뜨거운 것이 올라왔다. 자식의 포옹이 이토록
반가운데, 나는 그동안 엄마를 안아주지 않았다. 부모가 자식
을 안아주는 것만 사랑인 줄 알아 자식이 부모를 안아주는 사
랑을 몰랐다. 엄마가 내용 없이 거죽만 남고 나서야, 이미 이생
을 건너는 문지방에 다다르고 나서야 나는 엄마를 안았다. 그
렇게 모자란 자식을 바라보며 엄마는 아프니까 좋은 것도 있
네, 하더니 힘없이 두 팔을 풀었다.

여자의 일생

- 노래

사람들이 모이면 노래를 부르던 때가 있었다. 이를테면 집들이 같은 것을 하다가 적당히 취기가 오르면 한 사람씩 돌아가며 노래를 불렀다. 학교나 회사에서도 처음 자기소개를 하고 나면 으레 노래 한 곡 하라며 등 떠밀기 일쑤였다.

그런 문화는 나보다 한 세대 앞 사람들에게 더 깊이 퍼져 있었다. 그들은 1950~1970년대 트로트 세례를 폭넓게 받은 터라, 몇몇이 모여 노는가 싶으면 금세 구성진 노랫가락을 뽑아내고는 했다. 이른바 뽕짝과 18번이라는 말이 공공연히 쓰이던 시절이었다. 그렇게 노래할 때는 반주도 필요 없이 술상을 두드리는 젓가락 장단이면 그만이었다. 가정집이든 술집이든 근교 유원지든 어디든 상관없었다. 그러니 내가 어렸을 적에는 어느 집 담장 너머에서 얼굴도 모르는 이웃의 노래가 들려오는 것이 하나도 이상하지 않았다. 1990년대 들어 노래방이 보편화되고, 지금처럼 노래를 절반쯤 눈으로 보는 시대에는 실감하기 어려운 놀이 문화였다.

그 무렵 사람들은 이따금 카세트테이프에 모두의 노랫소리를 녹음해 즐거웠던 만남을 기록하기도 했다. 특히 객지에 나가 사는 가족이 한 자리에 모이거나 하면 마치 사진 찍듯 그날의 현장을 카세트테이프에 담았다. 나중에 재생해 보면, 거기에는 단지 노래뿐만 아니라 그 자리에 함께했던 사람들의 흥과 설렘이 고스란히 남아 있었다. 요즘의 동영상이 하는 역할이었다고 할까. 당시만 해도 카세트테이프는 최첨단 음악 매체였다. 음반보다 간편히 노래를 들을 수 있는데다, 뭐든 쉽게 녹음해 반복해서 듣는 것이 가능한 신기한 문명이었다. 동영상처럼 형상을 담지는 못하지만, 형상이 없어 더 많이 상상력을 자극했다.

우리 집 서랍 속에도 그렇게 녹음한 카세트테이프가 오랫동안 한자리를 차지했다. 하지만 그것은 아버지와 엄마의 추억이지 나의 관심을 끌지는 못했다. 젊은 내가 굳이 되돌아보고 싶은 유쾌한 기억도 없는 과거를 재생할 이유는 없었다. 기껏 다시 들어봐야 내 목소리가 아닌 것 같은 숫기 없던 나의 유년이나 확인할 테니까. 그 후 세월이 좀 더 흘러 부모의 그늘에서 독립한 나는 그 카세트테이프를 머릿속에서 완전히 지우고 살았다. 그것을 영영 잃어버린다 해도 내가 아쉬워할 까닭이 전혀 없었다.

그런데 엄마가 세상을 떠나고 나서 갑자기 그 카세트테이프의 존재가 되살아났다. 엄마가 보관하던 카세트테이프를 동생이 디지털 파일로 변환해 보내온 것이다. 그 안에 엄마가 들어 있었다. 서른 살을 넘긴 지 얼마 되지 않은 젊은 엄마의 목소리가 잡음 속에서도 생생했다. 나는 엄마가 노래를 꽤 잘한다는 사실을 오래전부터 알고 있었다. 남 앞에 나서는 것을 반기지 않는 성격이면서도 노래할 기회가 있으면 못 이기는 척 실력을 뽐내던 모습도 몇 차례 보았다. 그렇다, 어떤 재능은 교육과 정비례하지 않는다. 엄마는 음악 교육을 받지 못했지만 상당히 정확한 음정과 박자 감각을 스스로 깨우쳤다. 무엇보다 노래에 담긴 정서를 표현하는 능력이 빼어났다. 세월의 더께가 내려앉은 낡은 음질이었지만, 나는 엄마의 노래를 들으며 시공을 잊었다. 수명을 다해 어느 먼 곳으로 가버린 엄마가 다시 내 곁에 돌아온 것 같았다.

참을 수가 없도록 이 가슴이 아파도
여자이기 때문에 말 한마디 못하고
헤아릴 수 없는 설움 혼자 지닌 채
고달픈 인생길을 허덕이면서
아아 참아야 한다기에 눈물로 보냅니다
여자의 일생

―이미자 노래, 〈여자의 일생〉 1절

엄마의 노래 안에 엄마가 들어 있었다. 2절까지 다해 3분 남짓한 짧은 노래 속에 65년으로 마무리될 엄마의 삶이 새겨져 있었다. 마지막 '여자의 일생'이 살짝 흔들린 것은 아마추어다운 음정 불안이었을까, 여러 사람 앞에서 느낀 쑥스러움 탓이었을까. 아니면 싱크로율 99퍼센트의 감정 이입이었을까.

문득 돌이켜보니, 나는 엄마의 이 노래를 몇 해 전에 들은 적이 있었다. 그 장소는 대천항 근처 노래방이었다. 그때 나는 엄마의 회갑을 맞아 동생과 함께 보령으로 여행을 갔더랬다.

거의 50년 만에 이루어진 엄마의 귀향이었다. 그동안 엄마는 부모 형제 없는 고향에 갈 일이 없었다. 하지만 혈육이 떠난 그곳에도 엄마의 추억은 남아 있겠지. 나의 예상은 틀리지 않았다. 엄마는 수십 년 만에 찾은 고향 곳곳에서 옛 기억을 떠올렸다. 대부분 슬픔이 어른거렸고, 가끔 어린 시절의 천진함이 생각나 미소 지었다. 그곳에서 엄마는 다시 외로운 소녀였다.

얼마 후 보령을 나온 동생은 대천항으로 차를 몰았다. 엄마의 회갑을 맞아 온 여행이니 실컷 바다 구경하며 오랜만에 맛있는 음식도 먹고 싶었다. 여느 때 같으면 자식의 주머니 사정부터 걱정했을 엄마가 그날만큼은 오히려 신바람을 냈다. 엄마는 말로 설명하기 힘든 해방감을 만끽하는 것 같았다.

"엄마가 아들들 덕분에 호강하네."

역시나 엄마는 자식에 대한 공치사를 빼놓지 않았다. 그만한 일이 호강이라니, 누가 들으면 웃겠다 싶었다. 그동안 가족 여행이라고는 없이 살았기에 엄마는 자식과 함께하는 그 시간이 무척 좋으면서도 낯설었겠지.

평소 엄마는 자식이 어렸을 적에 가까운 데조차 피서 한 번 못 데려간 것을 몹시 미안해했다. 땡볕에 물놀이를 하고 나면 피부가 그을려 허물이 벗겨진 것이 자랑이기도 했던 시절이라, 엄마는 방학이 끝나도록 골목에서만 뛰어노는 자식이 안타까웠다. 하물며 가족 여행은 언감생심. 집안일의 최종 결정권자인 아버지는 가끔 일이 있어 고향에 다녀오는 것이 일상의 유일한 궤도 이탈이었다. 어디 경조사도 없는데 돈 들여 밖에 돌아다니는 것을 이해하지 못했다. 엄마는 두 아들이 결혼하고 나서야 조금씩 바깥나들이 할 기회를 얻게 되었다. 아버지는 엄마의 회갑 여행에 찬성했지만, 그때도 구태여 동행할 마음은 먹지 않았다.

"세상이 이렇게 아름답구나!"

엄마는 자꾸 감탄했다. 나는 그런 엄마를 바라보며 콧잔등이 시큰했다. 이토록 행복해하는 엄마를 위해, 이토록 어린아이 같은 엄마를 위해 나는 왜 아무 노력도 하지 않았나. 나는 어느새 60년이 훌쩍 지나버린 엄마의 삶이 서운했다. 그 시간이 아깝고 애틋할수록 눈앞의 짧은 자유가 더욱 소중했다. 그날 우리는 대천 바다를 걷고, 해넘이를 보고, 해물탕을 먹고, 노래방으로 향했다. 아무것도 아닌 그 과정을 엄마는 꿈결처럼 거닐었다.

마이크를 잡은 엄마가 음료수 한 모금을 들이켰다. 곧 노래방 기계에서 애달픈 선율이 흘러 나왔다. 그 반주에 엄마의 목소리가 서글프게 얹혔다. 나는 노래에 빠져든 엄마의 몰입을 망연히 바라보았다. 너무나 아득한 한 여자의 일생 앞에서 차

마 다른 생각을 할 수 없었다. 2절로 넘어간 엄마의 노래가
자식의 마음을 휘감았다.

> 견딜 수가 없도록 외로워도 슬퍼도
> 여자이기 때문에 참아야만 한다고
> 내 스스로 내 마음을 달래어가면서
> 비탈진 인생길을 허덕이면서
> 아아 참아야 한다기에 눈물로 보냅니다
> 여자의 일생
>
> —이미자 노래, 〈여자의 일생〉 2절

노래를 마친 엄마의 눈시울이 동백꽃처럼 붉었다.

나 아닌 누구를 위하여

– 생일

여느 날처럼 투병 중인 엄마와 산책에 나선 길이었다. 공원 둘레를 두어 바퀴 걷다가 지친 다리를 쉬려고 벤치에 앉았다. 그때 엄마가 몸에 걸친 조끼 주머니에서 무언가를 주섬주섬 꺼내놓았다. 곱게 접은 편지봉투였다. 아픈 엄마가 그것을 내게 건네며 슬며시 웃었다.

"곧 네 생일이잖아. 엄마가 선물 사러 다닐 형편이 아니라 이걸로 대신하는 거야."
"⋯⋯생일이 뭐라고. 왜 쓸데없는 신경을 써요?"

나는 잠깐 머뭇거리다가 편지봉투를 받아들어 내용물을 꺼내 보았다. 엄마가 백지에 적은 짧은 메모와 현금 20만 원이 들어 있었다. 모두 깨끗한 5만원권이었다. 나도 모르게 짧은 탄식이 새어나왔다. 그깟 생일이 정말 뭐라고. 도대체 지금 그런 일에 신경 쓸 때란 말인가. 만날 육신의 고통에 몸부림치면서도 엄마는 왜 철저히 이기적이지 못한 걸까. 느티나무 그늘 아래로 7월의 열기가 후끈 밀려들었다. 빠르게 소멸되어 가는 엄마가, 멀찍이 떨어져 슬퍼만 하는 자식을 떼어내지 못하고 있었다. 아무 소용없는 자식을 엄마는 품 안에서 밀어낼 마음이 전혀 없는 것 같았다. 나는 두 눈을 끔벅이며 메모를 살폈다.

"아들, 생일 축하해. 다른 데 쓰지 말고 안경 하는 데 보태. 돈 아끼지 말고 좋은 걸로 해."

언젠가 안경을 바꿔야겠다고 한 나의 말을 엄마는 흘려듣지 않았다. 엄마는 자식의 소소한 언행에 늘 예민했던 사람이다. 말의 행간을 살펴 상처를 알아챘고, 몸의 작은 변화를 살펴 건강을 염려했다. 엄마는 온몸의 신경세포에 자식을 각인했던 사람이다. 그러니 삶의 막바지에 다다라서도 자식의 생일을 잊지 않았겠지. 안경 맞추는 데 많은 돈을 들이지 않는 자식이 안타까워, 이번에는 나이에 어울리게 좀 값나가는 안경을 썼으면 하는 바람을 가졌겠지. 그로부터 몇 달 지나지 않아 나는 그것이 엄마의 마지막 선물인 것을 절감하게 되었다. 엄마가 떠나버린 세상에서 엄마의 마지막 선물이 오랫동안 내 눈을 밝혔다.

나는 생일이나 명절 따위의 의미를 잘 실감하지 못한다. 따분한 일상에 이따금 들썩이는 일을 만들어 나쁠 것은 없지만, 나는 그것을 구구절절한 삶의 습관들로 규정한다. 또는 뒤돌아보지 않는 관성이거나, 부질없는 타성이거나. 다만 그와 같은 생각이 나의 편견이기도 하므로 또다시 명절을 쇠고 누구의 생일을 축하할 따름이다. 그런데 엄마는 나와 달랐다. 좀 더 정확하게 말하면, 엄마는 당신의 생일만 빼고 다른 식구들의 생일과 명절을 절대로 허투루 보내지 않았다. 내가 철들고 나서 구구절절한 삶의 습관으로 여겨온 그날들에 엄마는 항상 소명의식을 가졌던 것이다. 당신의 수고와 마음씀씀이 덕분에 식구들의 생일과 명절이 더없이 넉넉했다.

나는 아버지의 생일을 준비하던 엄마의 모습을 기억한다. 엄마는 그날이 되기 며칠 전부터 한동안 사용하지 않았던 찬장 속의 그릇을 꺼내 닦고 음식 재료를 준비했다. 변변치 않은 살림에 조금이나마 부담을 줄이려고 멀리 도매시장까지 나가 장을 보기도 했다. 그 다음에는 순전히 엄마의 노동으로 평소와 다른 음식이 하나씩 마련되었다. 엄마는 먼저 김치를 새로 담그고 돼지고기를 쟀다. 생일 전날에는 종일 채소를 다듬고 생선을 손질했다. 당일에는 새벽에 일어나 나물을 데쳐 무치고 잡채를 만들고 고기와 생선을 구웠다. 잠시 뒤 아버지와 자식들이 둘러앉은 밥상 앞에서 엄마는 흐뭇한 표정을 지었다. 자식들의 생일은 그보다 소박했으나, 엄마의 마음은 더 깊었다. 해마다 반복되는 명절에는 인사 오는 사람들이 많아 엄마의 피로가 더 심할 수밖에 없었다. 그런데 엄마는 귀찮은 내색 없이 하루에도 몇 번이나 상을 차리고 설거지를 했다. 그러면서 손님들에게 웃으며 말했다.

"차린 건 별로 없지만, 맛있게 드세요."

세상에나. 명절상 음식이 별 볼 일 없다면, 그 손님들은 날마다 왕과 왕후의 밥상을 받는단 말인가. 그럼에도 엄마는 지나친 겸양을 멈추지 않았다. 그런 엄마를 바라보는 나는 점점 명절이 싫었다. 나아가 엄마의 노동을 뒤로한 채 꼬박꼬박 생일상을 받아 사람들을 불러들이는 아버지가 미웠으며, 자식이랍시고 당연히 생일상에 앉았던 나의 지난날이 죄송했다. 자식생일에 어째서 엄마가 자식한테 미역국을 끓여줘야 하지, 의문이 들기도 했다. 인생살이에 앞뒤 안 맞는 일이 그뿐 아닌데도 오래된 나의 무심함이 그렇게 반성을 시작한 것이다.

그 후 내가 결혼해 독립하고 나서야 비로소 엄마는 자식의 생일상을 차리지 않았다. 대신 아내의 수고와 마음을 받게 됐지만, 나는 그동안 작심해 온 대로 내 생일만큼은 별일 아닌 듯 보내려고 했다. 그럼에도 엄마는 생전에 자식의 생일을 그냥 흘려보내지 못했다. 내 생일을 며칠 앞두고는 꼭 찾아와 정성껏 포장한 선물을 내밀었다. 어느 해에는 스키로션이었고, 어느 해에는 셔츠였고, 어느 해에는 속옷 세트였다. 가끔은 빳빳한 만 원짜리 몇 장을 봉투에 넣어 건네기도 했는데, 어느때든 짧은 메모나 편지를 빼놓지 않았다.

"너의 38번째 생일을 축하한다. 부디 아프지 말고 행복하게 살아라."

그중 어느 해에 엄마가 선물과 함께 주었던 메모의 내용이다. 그날 엄마는 생일 선물 말고도 집 근처 슈퍼에서 캔맥주 두 개와 다이제 과자를 사 검은 봉투에 담아왔다. 그것은 손주들에게 줄 과자와 함께 들어 있었는데, 나는 단박에 엄마의 마음을 헤아릴 수 있었다. 캔맥주를 보는 순간 무더운 날씨에 땀 흘리는 자식이 생각났겠지. 언젠가 다이제 과자를 잘 먹던 자식의 모습을 기억해뒀겠지. 그때 이미 엄마의 손등에는 검버섯이 드문드문 피어 있었다. 엄마의 목주름은 어느새 더 짙어져 헛간에 늘어진 거미줄 같아 보였다. 나는 쇠잔해 가는 엄마의 모습에 가슴이 저릿하면서도, 불과 몇 년 뒤 엄마가 나를 아주 떠날 것이라고는 예감하지 못했다.

누군가 나의 생일을 진심으로 축하한다면, 그것은 그 사람이 나의 존재에 감사해한다는 뜻이다. 나의 존재 자체를 고마워하는 사람이라니. 생일에 얼마큼 의미 부여를 하는지는 저마다 다르겠지만, 그런 사람이 곁에 있다는 사실은 축복이 틀림없다. 나에게 엄마가 그랬던 것처럼. 엄마는 나에게 단 한 번도 공허한 생일 축하 메시지를 보낸 적이 없다. 엄마는 나의 생일마다 항상 당신의 마음을 다해 기쁨을 전했다. 엄마에게 자식의 탄생은 가장 빛나는 황홀이었을 테니까. 다시 여름 되어 생일을 맞을 때마다 그 황홀에 어울리지 않는 내가 하늘에 사무친다.

괜찮아, 내 새끼잖아

– 산후조리

아내가 두 번의 출산을 마친 뒤 엄마가 매번 산후조리를 도왔다. 엄마는 당신이 부모의 보살핌을 거의 받지 못했는데도, 누구 못지않게 부모의 역할에 대해 잘 알고 있었다. 엄마는 아내의 몸과 마음을 살폈고 이런저런 가사노동을 감당했다. 엄마는 기꺼이 부모의 역할을 해내면서 결코 낯을 세우려 드는 법도 없었다. 엄마를 지켜보면 학습효과라는 말이 무색했다. 어쩌면 엄마는 부모 역할 하는 것이 무엇보다 큰 행복이구나 싶을 정도였다. 아니면 당신이 누리지 못한 것 이상으로 자식에게 베풀어주려는 변형된 보상심리였을까.

"요 예쁜 놈을 보고 있으면 하나도 힘든 줄 모르겠구나. 세상 어디에 이런 보물이 또 있겠니?"

나는 아이를 낳고 나서야 산후조리를 돕는 일이 무척 고되다는 것을 알았다. 엄마는 매일 기저귀 빨고, 우유 챙기고, 아기를 목욕시켜야 했다. 그리고 산모가 먹어야 할 미역국을 끓여 밥상을 차리는 것 역시 엄마의 중요한 일과였다. 내게도 나름의 역할이 있었으나 엄마에게 비할 바는 아니었다. 그렇게 엄마는 아내가 어느 정도 몸을 추스르는 한 달 가까이 우리 집에 머물며 밤잠을 설쳤다. 엄마는 산후조리를 돕는 모든 피로를 오직 당신의 갓난 핏줄을 바라보는 것으로 풀어냈다. 손자의 출생으로 인생의 가장 찬란한 경이를 느끼는 것 같았다.

엄마는 손자가 태어나기 전부터 설렘을 감추지 않았다. 당신이 어느새 할머니로 불리게 됐다는 서운함은 찾아볼 수 없었다. 행여 마음속에 그런 감정이 얼핏 깃들었는지는 몰라도 곧 손자를 보게 된다는 기쁨이 훨씬 더 컸다. 엄마는 출산 전에 아내가 산부인과에서 받아온 한 장의 초음파 사진을 보며 한참 눈을 떼지 못했다. 요즘이야 동영상으로까지 태아의 모습을 본다지만, 그때는 초음파 사진만 해도 신기하기 그지없었다.

"이렇게 작은 생명이 내 손주란 말이지? 아무쪼록 건강하게만 태어나렴."

엄마는 머지않아 태어날 손자를 생각하며 굳이 당신이 하지 않아도 될 준비를 시작했다. 손수 광목천을 끊어 기저귀를 만들고 일찌감치 배냇저고리를 마련한 것이다. 그 밖에도 포대기며 이불이며 베개며, 아기에게 필요한 소소한 물건들을 하나씩 사들이면서 새 생명과 만날 날을 손꼽아 기다렸다.

동네 슈퍼에만 가도 일회용 기저귀를 살 수 있는데, 엄마는 천기저귀를 써야 아기의 여린 피부가 자극받지 않는다고 믿었다. 손자를 위해 천기저귀를 자주 갈고 빨고 삶아서 사용하는 수고를 마다하지 않은 것이다. 또한 베갯속에는 메밀을 채워 아기의 태열을 방지했다. 메밀의 성질이 차고 통기성이 좋다는 장점을 알고 있던 엄마가 손자를 떠올리지 않을 리 없었다.

여러 아기 용품 중에서도 엄마의 손길을 가장 많이 탄 것은 포대기였다. 엄마는 훗날 손자가 목을 가누게 되면서부터 자주 포대기를 이용해 업어주었다. 어린 손자는 할머니 등의 따뜻한 체온에 싸여 보송한 솜털 뭉치처럼 잠드는 날이 많았다. 그 모습은 마치 스물 몇 살의 엄마가 어린 나를 업고 있던 옛날과 꼭 닮았겠지. 엄마는 그때 내게 들려주었던 자장가를 아주 오랜만에 손자의 귀에도 담아주었다.

아내의 산후조리는 순조로웠다. 아기도 잘 먹고 잘 자며 무던하게 자라났다. 베란다에 매어놓은 빨랫줄에는 날마다 천기저귀들이 바람을 타며 살살 흔들리고 있었다. 한낮의 햇빛을 받아 천기저귀들이 바싹 마르면 엄마와 아내의 표정이 흡족했다. 아기를 씻겨 바삭한 새 기저귀를 채우는 일은 생각만으로도 상쾌했다. 두 가지 버전의 모성이 가득 들어찬 집 안에는 시기와 미움 따위가 스며들지 못했다. 나는 인간의 삶이 어째서 그와 같은 평화를 금방 잃어버리고 마는지 궁금했다. 인간의 심연에 가라앉아 있는 불안과 슬픔을 모성으로 말끔히 치유하면 얼마나 좋을까. 어느 날, 잠시 한가해진 엄마가 아기의 손과 발을 조몰락거리며 내게 말했다.

"이 아이가 손가락 열 개, 발가락 열 개인 것도 다 감사하구나."

모성은 위대하다, 라는 말은 괜한 찬사가 아니었다. 모두 건성으로 당연하게 여기는 것을 당연하지 않게 생각하는 것. 다른 사람이 절대로 하지 않을 일을 스스로 반드시 해내는 것. 모든 사랑의 방식으로 하나의 사랑을 실천하는 것. 나는 출산의 긴 과정을 흔쾌히 감당해낸 아내와 산후조리에 들인 노고를 환희로 탈바꿈하는 엄마를 지켜보며 모성의 힘을 새삼 깨달았다. 왜 많은 문장에 아직도 '엄마의 품속 같은'이라는 수식어가 널리 쓰이는지 알 수 있었다. 그 문장은 낡았으되 그 속의 워딩은 나날이 새롭기 때문이다.

엄마는 산후조리 이후에도 손자를 잊는 법이 없었다. 몸은 당신의 집으로 돌아갔지만 마음은 여전히 손자 곁에 머물렀다. 엄마는 손자의 첫돌에 유아용 밥그릇과 수저를 선물했다. 손자가 초등학교에 들어가서는 자동 연필깎이를 사다주었다. 손자가 중학생이 되자, 병석에 누운 몸으로 마지막 선물이라며 교복 값을 내주었다. 그 사이사이에 또 다른 밥그릇과 몇 벌의 옷과 꽃다발과 영어사전과 자전거 등이 있었다. 엄마가 할머니로서 해준 것이 그게 전부는 아니었으니, 무엇보다 두 번 다시 충족하지 못할 할머니의 사랑을 듬뿍 쏟아주었다. 말하나 마나, 눈에 보이지 않는 것이 더 크고 많아 일일이 옮겨 적을 수가 없다.

엄마는 달랐다

– 차이와 구별

이 책을 쓰면서 부모에 대한 나의 애정이 엄마에게 편향되어 있지 않나 생각해보았다. 엄마는 한없이 자애롭고, 아버지는 자기만의 질서를 강요하는 고집불통으로 그린 면이 있으니까. 아버지가 가장의 권위를 내세우며 엄마의 고통과 희생을 외면한 사례도 몇 차례 이야기했으니까.

그러나 단언컨대, 나는 부모로서 엄마와 아버지를 차별적 시선으로 바라본 것이 아니다. 나의 무의식이 오이디푸스 콤플렉스에 절어 있는 것은 더 더욱 아니다. 분명히 말하건대, 나는 아버지와 엄마를 인간으로서 다르게 바라보았을 뿐이다. 두 사람 모두 나의 부모지만, 두 사람 모두 천부인권을 부여받은 자연인이지만, 나는 엄마와 아버지의 품격을 똑같이 평가할 수 없다. 세상 사람들의 바탕이 저마다 다르듯 내 부모도 서로 같지 않으니까. 부부의 연을 맺어 자식 낳고 함께 살아도 두 사람은 원래 유전자부터 다른 타인이니까.

인간을 성별이나 피부색, 종교, 출신지 등에 따라 차별하는 것은 옳지 않다. 하지만 나는 인간을 품격에 따라 구별하는 것은 바람직하다고 믿는다. 우리 주위의 온갖 사물에 대해서도 가치에 걸맞은 수준을 따지는데, 이성과 감성의 존재인 인간을 무조건 평등하게 바라볼 수는 없다. 바로 그런 점에서 내게 아버지와 엄마는 여러모로 다른 인간이다. 부모를 너그럽게 감싸지 않고 인간의 관점으로 분석하는 것이 도덕적 비난을 살지는 모르겠으나, 개의치 않겠다. 엄마와 아버지의 삶, 아니 엄마 같은 인간과 아버지 같은 인간의 삶은 구별되어야 마땅하니까. 그래야만 자신을 덜어내 타인을 채운 삶을, 자신을 반성하며 타인을 용서한 삶을, 자신의 눈물은 감추고 타인의 눈물을 닦아준 삶을 조금이나마 위로할 수 있으니까.

나는 부모와 자식이라는 관계만으로 엄마의 삶을 애달파하고 싶지 않다. 서로 분별하지 않고 이해하지 않는 관계는 사랑의 깊이를 깨달을 수 없다. 부모와 자식이라는 사실 하나로 부모와 자식 사이에 신비가 싹틀 리 없다. 서로에 대해 아무것도 알려고 하지 않는 가계도는 얼마나 슬픈가 말이다. 나는 이 책에 묘사한 엄마가 나의 엄마가 아니라도 상관없다. 나는 먼저 한 인간으로 나의 엄마를 분별하고, 한 인간으로 나의 엄마를 이해하고 싶다. 그 다음에 엄마로서 나의 엄마를 그리워해도 늦지 않을 것이다. 그런데, 엄마를 분별하고 이해하려 들수록 그 삶이 너무 애달프지 않은가. 관계 이전에 한 인간으로 보아도 너무 가엽지 않은가. 그러니 나는 엄마의 이야기를 쓸 수밖에 없었다. 스스로 중심에 서 있으려던 아버지를 뒤로 하고, 스스로 주변에만 머물던 엄마를 내 기억의 중심에 앉게 했다.

"오늘 네 삼촌 집에 갔더니 맛있는 음식이 많더라. 회도 있고, 불고기도 있고. 한데 자식 생각이 나서 막 먹을 수가 있어야지."

그날은 작은아버지의 생일이었다. 그 집에 초대받아 갔던 엄마가 집으로 돌아와 내게 말했다. 엄마는 그렇게 바보 같은 구석이 있었다. 오랜만의 만찬에도 엄마는 아버지처럼 식욕에 열중하지 못했다. 그 시각 자식이 마주하고 있을 허술한 밥상이 생각나서 엄마는 회와 불고기를 담은 접시에 젓가락질 시늉만 했겠지. 엄마의 모정은 전혀 합리적이지 않았다. 그 자리에 간 사람이라도 실컷 먹었어야지, 하는 유치한 논리는 끼어들 틈이 없었다. 엄마는 평소 그 집에서 나의 사촌이 누리는 경제적 풍요를 부러워했다. 언뜻 감정이 넘쳐, 내 앞에서 샘을 내는 모습을 보인 적도 있다. 어쩌겠는가. 당신 자식에게 그만큼 못해줘 못내 속상한 것을.

자식에 대한 엄마의 집념이 일상에서만 확인되는 것은 아니었다. 엄마의 자식 사랑은 극한의 상황을 대비하기도 했다. 1980년대만 해도 이 땅에는 종종 전쟁의 기운이 거세게 감돌았다. 뉴스를 통해 불길한 소식이 전해지면 사람들은 얼른 가게로 달려가서 라면 같은 생필품을 싹쓸이하기 일쑤였다. 그런 까닭에 엄마는 자식이 커갈수록 불안감을 떨치지 못했다. 만약 진짜 난리가 벌어지면, 어느덧 십대 후반의 나이가 된 아들들이 전쟁터에 끌려가지 않을까 염려한 것이다. 실제로 한국전쟁 때 그런 일이 흔했다니 엄마의 상상이 터무니없지는 않았다.

그러던 1983년 2월, 마침내 엄마의 걱정이 현실이 되는 일이 벌어졌다. 나는 마침 겨울방학을 맞아 텔레비전 앞에 앉아 있었는데, 갑자기 방송이 중단되면서 요란한 사이렌 소리가 울려 퍼졌다. 그와 함께 "국민 여러분, 이것은 실제 상황입니다! 지금 북한 전투기가 휴전선을 넘어 우리 영토를 공습하고 있습니다. 실제 상황입니다!" 하는 확성기 소리가 반복적으로 이어졌다. 나는 꿈과 현실의 경계에서 정신이 몽롱해져 어쩔 줄 몰랐다. 그때 엄마가 다급한 목소리로 말했다.

"폭격 소리가 들리면 빨리 지하실로 달려가 숨자."

그 무렵 서울에 있는 대부분의 집은 아파트가 아니라 주택이었다. 집집마다 잡동사니를 올려두는 다락과 연탄 등을 쌓아놓는 지하실이 있었다. 엄마는 지하실이 곧 쏟아질 폭탄 공격에서 그나마 위험을 줄여줄 공간이라고 판단했다. 그리고는 웬일인지 안방으로 서둘러 들어간 엄마가 뭔가를 들고 나왔다. 장롱 속에 보관해두었던 약간의 비상금이었다. 그 시절에는 인터넷뱅킹도 신용카드도 없어 집집마다 살림에 쓸 현금을 갖고 있었다. 엄마가 집에 있던 나와 동생에게 지폐 몇 장씩을 주섬주섬 나눠주었다.

"잘 갖고 있어. 그리고 우리가 만약 전쟁통에 헤어지게 되면, 서울역이든 평양역이든 매달 초하루에 시계탑 아래에서 만나는 거야."

그때 엄마에게 남과 북의 이념은 아무짝에도 쓸모없었다. 어느 쪽이 전쟁에서 승리하든 당신이 자식과 헤어지지 않는 것이 중요했다. 그래서 전쟁 중에 혹시 서로의 손을 놓치더라도 남과 북의 가장 큰 도시에서 만나자는 약속을 미리 해둔 것이다. 당시 우리나라의 모든 기차역 광장에는 커다란 시계탑이 있었으니까. 엄마는 두 아들에게 건넨 몇 푼의 돈이 서로를 다시 만나기 전에 최소한의 밥값과 차비가 되어 주리라 기대했다. 그 순간 엄마에게는 전쟁 자체보다 이산가족이 되는 일이 더 심각한 공포였다.

그날의 소동은 머지않아 해프닝으로 밝혀졌다. 북한의 공군 장교가 전투기를 몰고 귀순한 사건인데, 그때까지 한 번도 없던 일이라 대한민국의 방공 시스템이 크나큰 혼란에 빠졌던 것이다. 엄마는 안도의 한숨을 내쉬었다. 어쨌든 당신이 상상하던 극한의 상황이 벌어지지 않아 천만다행이었다. 엄마와 나, 동생, 그리고 몇 장의 지폐는 곧 제자리를 찾았다. 방송국도 평정심을 되찾았는지 텔레비전에서는 가수들이 한동안 멈추었던 노래를 다시 불렀다. 중간에 끊겼던 노래가 아무 일 없다는 듯 그 부분부터 재생되는 것으로 보아 생방송 프로그램은 아닌 것 같았다.

그로부터 많은 시간이 흘러 엄마가 떠난 뒤, 나는 저승에도 시계탑이 있을까 공상해보았다. 나는 엄마가 저승의 시계탑 아래에서 영원히 끊어지지 않는 끈으로, 영영 풀리지 않는 매

듭으로 자식을 기다리고 있을 것만 같았다. 천국으로 가는 길
도 마다한 채 종일 쭈그리고 앉았다 서성거리다 저만치 누가
보이면 벌떡 일어나 가슴 두근대며 살펴볼 것 같았다. 그렇게
간절히 기다리면서도 내게 천천히 와라, 언제까지나 기다릴
테니 할 일 마치고 재미도 좀 보고 절대 서두르지 말고 느긋이
와라 할 것 같았다.

　만에 하나 나의 공상이 그냥 망상이 아니라면, 이번에는 내
가 간곡히 약속하고 싶었다. 누구나 한 번은 지나가게 되는
운명의 길목에서 당신의 미련인 이 아들을 꼭 기다려달라고.
엄마의 바람대로 할 일 마치고 재미도 좀 보고 갈 테니, 더는
애태우며 속상한 일 없이 저승의 시계탑 아래에서 노란 팬지꽃
들과 옛이야기 나누고 있으라고. 근심 말고, 아프지 말고, 추위
에 떨지 말고, 피곤하면 낮잠 한숨 푹 자고 있으라고. 나는
엄마의 입관 때 이 공상을 편지지에 적어 품안에 넣어주었다.

한 사람의 힘

- 구심력

깜짝 놀랐다. 건널목 저편에 엄마가 서 있는 것이 아닌가. 나는 눈앞의 광경이 믿어지지 않아 온 신경을 집중해 그 사람을 살펴보았다. 아니나 다를까, 그 사람은 당연히 엄마가 아니었다. 생전의 엄마처럼 옷을 차려입은 비슷한 연배의 아주머니였다.

엄마가 세상을 떠난 뒤 그와 같은 일이 종종 일어났다. 나는 엄마가 살았던 동네에 갈 적마다 엄마를 보았다. 그 동네의 슈퍼마켓 앞에, 약국 앞에, 은행 앞에, 복지관 앞에 또 건널목 저편에, 아파트 벤치에, 버스 정류장에 엄마가 서 있었다. 엄마가 나를 보고 반갑다며 손짓했다. 엄마는 이미 한 줌의 뼛가루로 변했는데, 엄마가 엊그제처럼 느껴지는 그 모습 그대로 제자리에 돌아와 있었다.

어느 날 어머니가 지워졌다. 육십 평생 갱지에 일대기를 적던 그녀가 지우개로 박박 문지른 듯 깨끗이 지워졌다. 여기 빈 세상에 남은 것이라고는 지우개똥 같은 가련한 기억의 부스러기들.

— 〈부고를 받다〉 중에서

내가 쓴 시에 엄마를 영영 잃어버렸을 때의 나의 마음이 박제되어 있다. 그랬다. 누런 갱지 위의 삶을 살던 엄마가 어느 날 갑자기 지우개로 지운 듯 사라졌다. 엄마가 지워졌는데, 엄마가 지워졌을 뿐 세상은 그대로였다. 엄청나게 두꺼운 만물

백과에서 나의 엄마 '김경숙'만 삭제되어 버린 것 같았다. 나는 막 서러워 눈물 흘렸다. 내가 붙잡을 수 있는 것은 지우개똥 같은 가련한 추억밖에 없었다.

그런데 그때는 내가 미처 알지 못한 것이 있었다. 엄마의 죽음에서 비롯된 나비효과가 우리 집의 허울을 조금씩 벗겨내기 시작했다. 그러니까 이 세상은 엄마의 죽음에 눈 하나 깜빡하지 않았어도, 우리 집에서는 엄마 덕분에 묻혀 있었던 아버지와 아들들의 민낯이 여실히 드러났다. 어쩌면, 그런 것이 본색이겠지. 엄마가 있었을 때 아버지와 자식은 침묵했다. 엄마가 있었을 때 형제는 서로를 배려했다. 하지만 엄마가 없어지자 아버지와 자식은 그 침묵이 얼마나 불안한 것이었는지 단박에 깨달았다. 엄마가 없어지자 형제는 자신의 배려가 어느새 욕심으로 변질한 것을 스스로 눈치챘다.

나는 한 사람의 힘이 얼마나 대단했는지 절감했다. 엄마가 우리 집의 가장이었다. 권위의 가장이 아니라 헌신의 가장, 통솔의 가장이 아니라 자유의 가장, 억압의 가장이 아니라 이해의 가장이었다. 그동안 엄마가 조율하고, 다독이고, 오로지 당신 혼자 감내해 집안의 평화를 이뤄놓았던 것이다. 엄마는 남편과 자식이 평화에서 멀어지려 할 때마다 구심력을 발휘해 가정을 지켰다. 엄마에게는 가정이 삶의 중심이었으니 필사적인 구심력이었다. 그러다가 엄마는 지치고 병들어 도리어 당신이 궤도를 탈선하고 말았다.

어떤 사람들은 말한다. 가족 구성원 중 한 사람이 죽으면 남은 식구들이 더 가까워진다고. 가족의 소중함을 실감해 서로를 더 애틋하게 여긴다고. 그래서 이전보다 가정이 한결 화목해진다고. 그럴 수 있다면 좋을 것이다. 누군가 죽어 슬프더라도 그 죽음이 가족을 결속시키는 긍정적 계기가 되어준다면 말이다. 하지만 그런 상황은 저절로 만들어지지 않는다. 소중한 것일수록 작은 충격에도 쉽게 깨지는 법이니까. 인간의 이기심은 잠깐만 방심해도 슬그머니 고개를 내미는 법이니까.

인간이 타인과 진심으로 어울리려면 짐작보다 훨씬 많은 에너지가 필요하다. 남은 가족이 온 힘을 다해 서로 조율하고, 서로 다독이고, 모든 짐을 서로 나눠 감내해야 화합이 가능하다. 그리고 누군가의 구심력이 지치지 않고 가정의 중심으로 식구들을 잡아당겨야 한다. 안타깝게도, 우리 집에는 서로에 대한 지지와 희생 대신 무관심이 커져갔다. 용서보다 다툼이, 다툼보다 외면이 쉬웠다. 엄마 없는 우리 집에는 구심력을 발휘할 사람이 없었다. 엄마만 그 역할을 했고, 엄마 말고는 누구도 그 역할을 할 만한 품격을 갖지 못했다.

엄마의 힘은 정말 대단했다. 오랜 세월 한 사람의 힘이 몇 사람의 비겁과 몰염치를 눈에 띄지 않게 감추었다. 엄마가 없는 우리 집에는 여전히 사람들이 왕래하지만, 아무도 드나들지 않는 폐허와 다름없다. 아무것도 남지 않은 황량한 빈 터에서 이따금 엄마의 남편과 자식이 얼굴을 마주한다. 서로 무언가 이야기하면서 아무런 이야기도 나누지 않는다. 저마다 자기 몫만큼 떠난 이를 그리워할 뿐이다. 엄마는 죽고 나서도 조율하고, 다독이고, 오로지 당신 혼자 감내해야 하는지.

어머니는 꽃잎이었다
꽃잎이라 흩날리고 짓밟히고
아뿔싸 찰나였다

어느 날 부지불식 꽃잎이 다 지고
나는 마구 자유로웠다
더는 잘날 것도 부끄러울 것도 없을 듯해
나는 한 줌 새처럼
어이어이 아팠다

꽃 진 나뭇가지에 앉아
속으로만
자꾸 울었다

—〈곡〉

가슴이 저민다. 엄마의 갱지에서 가족이 지워졌다.

그리워할 뿐

– 추모

큰아이가 대입 합격자 발표 날 기쁜 소식을 들려주

었다. 순간 나는 엄마의 부재가 절절히 안타까웠다. 엄마가
살아 있다면, 그토록 사랑하는 아이가 어느새 자라 대학생이
되는 현실에 무척 감격했을 것이다. 최선을 다해 목표를 이룬
아이가 대견했을 테고, 벌써 의젓한 성인이 되어 가는 손자가
가슴 벅찼겠지. 나는 큰아이와 함께 엄마를 모신 추모공원으로
향했다. 아직 살아 있는 누구에게보다 이미 세상을 떠난 엄마
에게 가장 먼저 그 소식을 알리고 싶었다.

나는 가끔, 엄마를 기억하는 사람이 살아 있는 한 엄마는
죽지 않은 거야, 라고 생각했다. 그러다가 금방 정말 그런가,
회의가 밀려들었다. 어느 쪽이 맞는지 모르겠고, 그와 같은
관념이 일말의 의미나마 갖는지조차 모르겠다. 사람이 죽으면
다시 어디로 가는지, 죽음은 단지 영원한 소멸인지. 모르겠다,
모르겠다. 영혼을 운운하며 천국이니 윤회니 하는 것은 도대체
다 무슨 미망이란 말인가.

나는 큰아이의 대학 합격증을 받아들고 환희하는 엄마를 보
고 싶었을 뿐이다. 평탄치 않은 삶에 시달려온 엄마에게 그만한
행복쯤 덥석 안겨주고 싶었을 뿐이다. 그런데 엄마가 곁에 없었
다. 틀림없이 기억 속에는 있으나 만질 수가 없었다. 어떤 미지
의 관념이 행여 진실일 수 있으나, 어쨌거나 엄마의 또 다른
존재를 증명할 방법이 없었다. 죽음이 살아 있는 사람을 그리움
때문에 아프게 했다. 그것만이 죽음의 가까운 실체였다.

"이제 유식에 들어갈 차례다."

아버지가 말했다. 제사에 참석한 모든 사람이 바닥에 엎드려 죽은 이의 혼령이 흠향하기를 기다렸다. 엄마가 멀리 떠나고, 남편과 자식은 해마다 제사를 올려 당신을 추모했다. 엄마가 한때 성당에 나갔고, 내가 장례식 때 하느님을 찾으며 엄마의 안식을 당부한 비밀은 고려되지 않았다. 아버지에게는 관습에 따라 유교식 제례를 치르는 것이 제일 자연스럽고 당연한 일이었다. 그리고 나는 추모의 방식에 관여할 생각이 전혀 없었다. 종교를 따르든 관행에 따르든, 만에 하나 사후의 무엇이 있다면 엄마의 영혼이 평안하길 바랄 따름이었다. 만에 하나 사람이 죽어 그것으로 전부 끝이라면 다시 한 번 엄마를 깊이 떠올리게 되는 것으로 그만이었다.

그런데 제사는 내 마음같이 이루어지지 않았다. 추모하는 방식의 문제가 아니라 추모하는 태도가 점점 내 마음에 거슬렸다. 한마디로 본말전도였다. 형식이 내용을 지배하더니, 해가 갈수록 내용 없이 형식만 남았다. 아버지에게 제사상의 주인공은 번번이 고인이 아니라 결국 산 사람이 먹어치울 제수였고, 나는 나대로 감정에 잠길 겨를 없이 거듭 머리만 조아렸다. 정작 엄마는 어디로 갔나. 제사에 모인 사람들은 엄마의 삶에 대해 이야기하지 않았다. 어쩌다 엄마의 삶을 들먹여도 실은 자신의 삶을 드러내는 소품으로 변질시켰다. 엄마가 사라진

제삿날의 허공에는 아버지의 푸념과 자식의 무념이 채워졌다.

"이곳에 할머니가 계실까? 우리가 이렇게 찾아오기는 하지만, 할머니는 여기가 아니라 우리가 있는 모든 곳에 계실 거야."

언젠가 딸아이를 데리고 추모공원에 갔을 때, 내가 먼 하늘을 올려다보며 말했다. 그 다음에 '여기뿐만 아니라 우리가 있는 어디에도 안 계실지 몰라.'라는 말이 입 안에서 맴돌았지만 밖으로 꺼내지 않았다. 그때만 해도 딸아이가 어렸으니까. 굳이 죽음을 떠올리는 것이 마땅하지 않은 나이에 죽음 이후의 완전한 소멸까지 상상하게 할 필요는 없었으니까. 그리고 정말 우리가 있는 모든 곳에 엄마의 또 다른 존재가 함께할 것을 나는 은밀히 기대했으니까.

그날 추모공원을 빠져나오는 택시 안에서 운전기사가 라디오를 틀었다. 거짓말처럼, 곧바로 지미 오스몬드의 〈나의 어머니(Mother of Mine)〉가 흘러나왔다. "당신의 사랑이 없었다면 나는 어디에 있을까요?/ 어머니, 다정한 나의 어머니. 당신이 내게 주셨던 것을 이제 돌려드리고 싶어요./ 어머니, 다정한 나의 어머니." 우연과 기적이 동전의 앞뒤 같았다.

어느덧 엄마 없이 살아온 지 10년이 더 지났다. 엄마가 이생에서 머물렀던 햇수에 내 나이가 한 발짝씩 가까워지고 있다. 사람에게는 세월 가며 직접 겪어봐야만 알게 되는 우둔함이 있으니, 나도 엄마만큼 살아야 새롭게 느끼는 바가 있겠지. 그때마다 문득문득 엄마를 추억하겠지. 나는 이제 그것으로 충분하다. 죽음에 대한 정의와 죽음 이후에 대한 질문은 엄마의 죽음과 상관없다. 추모공원에서, 제사상에서, 한 줌밖에 안 되는 나의 머릿속에서 엄마를 확인하는 것은 어차피 불가능하다. 나는 그저 엄마가 살아서 전해주었던 사소하고 고요한 사랑의 흔적들을 되새기며, 엄마를 그리워할 뿐이다. 나같이 미욱한 사람의 깜냥은 딱 거기까지다.

에필로그

마망(maman)과 엄마

프랑스 기호학자 롤랑 바르트는 1977년 10월 25일 마망을 잃었다. 그리고 2010년 9월 10일 나는 이 땅에서 엄마를 잃었다. 바르트는 마망의 죽음에 대해 '완전히 새로운 슬픔'이라고 이야기했다. 나에게도 엄마의 죽음은 '완전히 처음인 슬픔'이어서 그 질량을 가늠하기 어려웠다. 엄마의 죽음 앞에서 나는 그저 붉은 눈물을 흘렸고, 10년도 더 지난 지금까지 그리움을 가질 뿐이다. 질량불변의 법칙이라고 할까. 삶이 가져다주는 어떤 화학적 변화에도 나는 엄마를 잊지 못했다. 그 마음이, 마망의 상실이 낳은 『애도일기』에 견줄 것은 아니지만, 나의 미욱한 문장 속에 엄마를 간직하게 했다.

롤랑 바르트에게 마망의 죽음은 또 하나의 기호가 되었다. 그날 이후 바르트는 지금까지와 사뭇 다르게 강연하고 글을 쓰고 책을 펴냈다. 남다른 지성을 가져 가능한 일이었다. 나같이 졸렬하고 무능한 사람은 흉내낼 수 없는 결실이었다. 그러면 나의 엄마는 절대로 바르트의 마망이 될 수 없는 것인가. 고민했다. 또 고민했다. 그러다가 무작정 백지를 펼치기로 마음먹었다. 깜박이는 커서를 따라 기억의 보폭을 조금씩 넓혀 보았다. 나에게는 바르트의 지성이 없지만, 나에게도 바르트만큼 그리움이 있었다. 바르트가 '나는 마망과 하나가 아니었다.'라고 자책했듯, 나에게도 엄마를 향한 반성이 밀물처럼 몰려왔다.

효도 따위를 운운하려는 것이 아니다. 나는 엄마를 좀 더 이해해야 했다. 그리고 엄마를 좀 더 사랑해야 했다.

'그녀가 죽자마자 세상은 나를 마비시킨다, 산 사람은 살아야 하는 거야, 라는 원칙으로.' 롤랑 바르트가 『애도일기』에 적은 글이다. 물론 여기서 '그녀'는 마망. 어디에 살든 사람은 다 똑같다. 자기 보호 본능은 인간의 끈질긴 속성 중 하나다. 계속 살아남아야 하니까. 바르트는 그것을 노골적으로 권유하는 세상이 견디기 힘들었겠지. 호모사피엔스가 출현한 20만 년 전에도 인류는 스스로에게 다짐했을 것이다. 사랑하는 이가 죽었다고 굶어죽을 수는 없다고. 사랑하는 이가 죽었다고 제자리에 멈출 수는 없다고. 사랑하는 이가 죽었다고 사랑하지 않을 수는 없다고. 내가 그랬고, 나의 아들딸이 그러하겠지.

내 기억에는 없는데, 엄마가 나만 데리고 시가에 간 적이 있었다. 급한 걸음이었던 터라 해넘이 무렵에 산길을 넘어가야 하는 상황이 벌어졌다. 드물게 다니는 시골버스는 이미 끊겼고, 택시를 부를 방법도 없었다. 아니, 엄마는 택시를 탄다는 생각조차 하지 않았겠지. 한 시간쯤 산길을 걷자 사위가 부쩍 어두웠다. 길은 아직도 30분 넘게 남아 있었다. 산길 주변에는 마을 사람들의 주검을 묻은 무덤이 드문드문 눈에 띄었다. 그런데 훗날, 엄마는 그 길이 하나도 무섭지 않았다고 추억했다. "그때 조막만한 네 손이 얼마나 따뜻하던지. 네가 아주 어렸는데도, 아들과 함께 있다고 생각하니까 두려운 게 없지 뭐니." ……그런 엄마를 나는 혼자 떠나가게 둘 수밖에 없었다.

비록 삶이 근사하지 않더라도 훌륭한 부모가 될 수는 있다. 이곳에 한때 그런 사람이 살았다. 엄마.

지은이 **조항록**

파란 하늘 아래에서 43년 동안 엄마와 함께 살았다. 한 여자의 남편과 두 아이의 아빠는 현재진행형이다. 오리무중이던 대학생 때 시인이 되어 지리멸렬한 지금까지 나름의 방식으로 삶을 이해하는 중이다. 시집 『여기 아닌 곳』, 『눈 한번 감았다 뜰까』, 『나는 참 어려운 나』 등을 비롯해 산문집 『멜로드라마를 보다』, 『아무것도 아닌 아무것들』을 썼다.

그러니까, 엄마라니까

: 쉰 아재의 엄마 생각

© 조항록, 2023

1판 1쇄 인쇄_2023년 09월 20일
1판 1쇄 발행_2023년 09월 30일

지은이_조항록
펴낸이_양정섭

펴낸곳_예서
　　　등록_제2019-000020호

제작·공급_경진출판
　　　이메일_mykyungjin@daum.net
　　　블로그_https://mykyungjin.tistory.com/
　　　사업장주소_서울특별시 금천구 시흥대로 57길 17(시흥동) 영광빌딩 203호
　　　전화_010-3171-7282　팩스_02-806-7282

값 12,000원
ISBN 979-11-91938-54-8 03810